Die drei ???®
und die Villa der Toten

D1933125

omnibus

DIE SERIE

??? »Drei Fragezeichen« – das ist das Symbol des wohl bekanntesten Junior-Detektivteams der Jugendliteratur. War die Aufklärung geheimnisvoller, oft gefährlicher Kriminalfälle für Justus, Bob und Peter aus Rocky Beach in Kalifornien zunächst nur ein Zeitvertreib, so hat sich daraus nach und nach eine ernsthafte Nebenbeschäftigung für freie Stunden und Schulferien entwickelt. Ihre Zentrale, einen ausrangierten Campingwagen, haben die drei mit Telefon, Tonbandgerät, Fotolabor, Periskop und mancherlei selbst gebastelten Apparaten eingerichtet, die ihnen modernste Ermittlungstechniken ermöglichen. Doch jeder Fall erfordert vorwiegend Köpfchen, Ausdauer und Mut – und ohne Justus' Superhirn, Bobs Forscherdrang und Peters Sportsgeist kämen die drei trotz ihrer technischen Ausrüstung nicht zum Ziel.

Von den drei ???® ist bei OMNIBUS erschienen:

Die drei ??? und der magische Kreis (20499) · **Die drei ??? und der weinende Sarg** (20471) · **Die drei ??? und der verrückte Maler** (20545) · **Die drei ??? und der Höhlenmensch** (21022) · **Die drei ??? und die Schattenmänner** (20581) · **Die drei ??? und die Perlenvögel** (20583) · **Die drei ??? und der gestohlene Preis** (20582) · **Die drei ??? und die Musikpiraten** (20580) · **Die drei ??? und der Schatz im Bergsee** (20713) · **Die drei ??? und die späte Rache** (20731) · **Die drei ??? und der Automarder** (20765) · **Die drei ??? und das Geheimnis der Särge** (20768) · **Die drei ??? und der rasende Löwe** (20767) · **Die drei ??? und der unsichtbare Gegner** (20766) · **Die drei ??? und der Angriff der Computerviren** (20995) · **Die drei ??? und der Spuk im Hotel** (20993) · **Die drei ??? und der Diamantenschmuggel** (20994) · **Die drei ??? und die Fußballgangster** (21020) · **Die drei ??? und die Schüsse aus dem Dunkel** (21019) · **Die drei ??? und der lachende Schatten** (21138) · **Die drei ??? und der Ameisenmensch** (21141) · **Die drei ??? und der unheimliche Drache** (21178) · **Die drei ??? und der Teufelsberg** (21180) · **Die drei ??? und der Zauberspiegel** (21181) · **Die drei ??? und die singende Schlange** (21182) · **Die drei ??? und die Silbermine** (21183) · **Die drei ??? und der Doppelgänger** (21184) · **Die drei ??? – Geheimsache Ufo** (21185) · **Die drei ??? und der höllische Werwolf** (21186) · **Die drei ??? und das Gold der Wikinger** (21177) · **Die drei ??? und der Nebelberg** (21371) · **Die drei ??? im Bann des Voodoo** (21372) · **Die drei ??? – Das Erbe des Meisterdiebs** (21373) · **Die drei ??? und die Automafia** (27979) · **Die drei ??? und die Karten des Bösen** (21370) · **Die drei ??? und die Schlucht der Dämonen** (21371)

Als OMNIBUS-Doppeldecker sind erschienen:

Die drei ??? und der Karpatenhund/Die drei ??? und das Narbengesicht (20040) · **Die drei ??? und der schrullige Millionär/Die drei ??? und der Höhlenmensch** (20390) · **Die drei ??? und die Fußballgangster/Die drei ??? und der Diamantenschmuggel** (21293)

Weitere Titel der Serie sind in Vorbereitung.

Die drei ???®
und die Villa der Toten

Erzählt von André Marx

omnibus

OMNIBUS
ist der Taschenbuchverlag für Kinder
in der Verlagsgruppe Random House

FSC
Mix
Produktgruppe aus vorbildlich bewirtschafteten Wäldern und anderen kontrollierten Herkünften
Zert.-Nr. SGS-COC-1940
www.fsc.org
© 1996 Forest Stewardship Council

Verlagsgruppe Random House FSC-DEU-0100
Das für dieses Buch verwendete FSC-zertifizierte
Papier *Munken Print* liefert Arctic Paper
Munkedals AB, Schweden.

1. Auflage
Erstmals als OMNIBUS Taschenbuch März 2007
Gesetzt nach den Regeln der Rechtschreibreform
Alle Rechte dieser Ausgabe vorbehalten durch
OMNIBUS, München
© 2003, 2005 Franckh-Kosmos Verlags-GmbH & Co. KG,
Stuttgart
Umschlagbild: Carsten Tiemeßen
Umschlaggestaltung: Atelier Langenfass, Ismaning
MI · Herstellung: CZ
Satz: Uhl + Massopust, Aalen
Druck und Bindung: GGP Media GmbH, Pößneck
ISBN: 978-3-570-21715-3
Printed in Germany

www.omnibus-verlag.de

Inhalt

In glühender Hitze

Der Totenkopf starrte Justus Jonas aus leeren Augenhöhlen an. Sein bleiches Grinsen schien ihn zu verhöhnen. Justus streckte die Hand nach dem Kopf aus. Als er ihn hochhob, klappte der Unterkiefer nach unten und verwandelte das Grinsen in ein dämonisches Lachen. Justus pustete den Staub vom Schädelknochen und blickte stirnrunzelnd in das tote Gesicht.

»Sein oder Nichtsein, das ist hier die Frage.«

»Oh Mann, Justus, so werden wir nie fertig!«, beschwerte sich Peter hinter ihm. Der Zweite im Bunde ihres Detektivtrios war gerade damit beschäftigt, eine alte Schreibmaschine auf ihre Funktionstüchtigkeit zu überprüfen. Die drei Detektive hatten beschlossen, ihre Zentrale mal ordentlich auszumisten, die vor lauter Gerümpel bald aus allen Nähten platzte. Die Zentrale, das war ihr Detektiv-Hauptquartier in einem alten Campinganhänger, der auf dem Gelände des Gebrauchtwarenhandels Titus Jonas stand. Mit all dem Krempel, der sich im Laufe der Jahre angesammelt hatte, wollten sie ein paar Dollar bei Justus' Onkel Titus verdienen. Nun hockten sie in dem dunklen, staubigen Chaos zwischen Kisten und Kartons und inspizierten ihre Schätze. Doch je mehr sie wühlten, desto langsamer kamen sie voran. Denn bei jedem Objekt, das sie zutage förderten, wurde ausgiebig darüber diskutiert, ob es nun Trödel war oder ein wertvolles Erinnerungsstück. Und Justus ließ es sich nicht nehmen, alles mit seiner ihm eigenen, hochgestochenen Ausdrucksweise zu kommentieren. Was Peter mächtig auf die Nerven ging. »Wenn du bei allem, was du findest, erst eine halbe Stunde lang Goethe rezitierst, sind wir nächstes Jahr noch nicht fertig mit dem Ausmisten.«

Justus wandte seinen Blick nicht von dem Totenschädel und fuhr mit theatralischer Stimme fort: »Ob's edler im Gemüt, die Pfeil' und Schleudern des wütenden Geschicks erdulden, oder, sich waffnend gegen eine See von Plagen, durch Widerstand sie enden. Und übrigens, Peter, ist das nicht Goethe, sondern Shakespeare. Hamlet, um genau zu sein.«

Bob Andrews, der das Geplänkel seiner Freunde bisher ignoriert hatte, weil er gerade mit dem Reinigen alter Bilderrahmen beschäftigt war, drehte sich nun um. »Sokrates!«

»Was denn nun?«, fragte Peter. »Goethe, Shakespeare, Hamlet oder Sokrates?«

»Doch nicht das Zitat, Peter. Ich meine den Schädel! Das ist Sokrates, der sprechende Totenkopf, den wir vom Zauberer Gulliver geschenkt bekommen haben! Meine Güte, den hatte ich ganz vergessen. Just, den kannst du unmöglich verkaufen, der muss in der Zentrale bleiben!«

»Dem stimme ich uneingeschränkt zu, Bob. Sokrates kommt später mal in ein Drei-???-Museum.« Er fing an zu kichern. »Wisst ihr noch, wie Tante Mathilda damals fast einen Herzinfarkt bekommen hätte, als Sokrates ›Buh‹ zu ihr sagte?«

Bob lachte auch. »Das war echt zum Brüllen!«

»Apropos Tante Mathilda«, sagte Peter, während er besorgt aus dem Fenster sah. »Sie kommt gerade im Stechschritt auf die Zentrale zu. Kollegen, ich habe kein gutes Gefühl.«

Wenige Augenblicke später klopfte es energisch an der Tür. »Herein!«, sagte Justus.

Mathilda Jonas betrat das Hauptquartier der drei Detektive und blickte zornig von Bob zu Peter zu Justus – zu Sokrates.

»Buh!«, machte Justus und ließ den Unterkiefer des Totenschädels aufklappen.

Seine Tante stieß einen kurzen Schrei aus und zuckte zurück. »Justus Jonas! Was fällt dir ein, deine arme Tante so zu erschrecken! Noch dazu, wo ihr doch wirklich Dringenderes zu tun habt! Was ist los mit euch, warum seid ihr noch nicht bei der Arbeit?«

»Was denn für eine Arbeit?«, fragte Justus verblüfft und stellte Sokrates auf den Schreibtisch.

»Was für eine Arbeit! Ihr solltet doch das Bürohäuschen neu streichen!«

»Heute?«

»Ja, natürlich heute. Was glaubst du, wovon ich die ganze Woche geredet habe?«

»Du sprachst von Sonntag. Ich dachte, du meintest *nächsten* Sonntag.«

»Mitnichten, Justus Jonas, ich meinte *diesen* Sonntag. Kommt schon, Jungs, ich brauche eure Hilfe wirklich dringend. Wenn wir das dieses Wochenende nicht hinkriegen, dann dauert es wieder Monate.«

»Muss das sein?«, stöhnte Peter.

»Ja«, sagte Mathilda Jonas bestimmt. »Es muss.«

Das Dach des Bürohäuschens war völlig verdreckt. Vertrocknetes Laub und der Staub vieler Jahre hatten sich mit Regenwasser vermischt und waren durch die brennende Sonne zu einer graubraunen Kruste erstarrt, die sich kaum von der Stahlbürste beeindrucken ließ. Peter krabbelte auf allen vieren über die Dreckschicht und schrubbte mal hier, mal dort, doch immer mit dem gleichen Ergebnis: Der Dreck ging einfach nicht ab. Und ohne eine saubere Oberfläche gab es auch keine neue Farbe.

Frustriert kniete er sich hin, schirmte die Augen gegen die Sonne ab und blickte zur Zentrale hinüber. Sie war genauso dreckig wie das Haus, auf dem Peter gerade herumkroch. Trotzdem wären er oder seine Freunde nie im Leben auf den Gedanken gekommen, ihr einen neuen Anstrich zu verpassen. Warum lag Tante Mathilda nur so viel daran, dass das Büro in einem neuen Glanz erstrahlte?

»Wird's bald da oben!«, rief Justus von unten herauf. »Ich höre dich gar nicht mehr schrubben!«

»Wir können gerne tauschen, Just! Der Dreck denkt gar nicht daran zu verschwinden. Ich wette, der ist irgendwie festgeklebt. Auf diesem Dach klebt der gesamte Smog von Los Angeles der letzten zwei Jahre!«

»Glaubst du, hier unten sieht es besser aus?«, warf Bob ein.

»Jungs, wenn ihr weiter über euer schweres Los jammert, anstatt zu arbeiten, werdet ihr nie fertig!«

Peter drehte sich um. Mathilda Jonas war hinter ihnen aufgetaucht. Ein amüsiertes Lächeln lag auf ihrem Gesicht. In ihren Händen trug sie ein Tablett mit drei riesigen Gläsern Orangensaft und einer gefüllten Karaffe. Sie stellte es auf einen abgewetzten Stuhl in der Nähe. »Ich will ja nicht, dass meine fleißigen Handwerker verdursten.«

»Und was ist mit dem Kirschkuchen?«, fragte Justus hoffnungsvoll, obwohl er erst vor zwei Stunden gefrühstückt hatte.

»Den gibt es, wenn ihr fertig seid – zur Belohnung.«

»Kollegen, wir sollten ein paar Gänge höher schalten!« Justus tauchte seine Stahlbürste in das Wasser und legte wieder los.

Auch Bob und Peter machten weiter. Es half ja nichts – je eher sie fertig wurden, desto schneller konnten sie sich wieder anderen Dingen widmen. Sie schrubbten, was das Zeug hielt. Die Sonne stieg höher und höher am strahlend blauen, wolkenlosen Himmel und Peter stand der Schweiß auf der Stirn. Der Orangensaft war längst ausgetrunken und der Zweite Detektiv träumte nur noch davon, nach getaner Arbeit an den Strand zu fahren und in die eiskalten Fluten des Pazifiks zu springen. Bob hingegen wünschte sich nichts sehnlicher, als bei einem riesigen Eisbecher unter einem Sonnenschirm an der Strandpromenade zu sitzen und den Leuten beim Flanieren zuzusehen. Und Justus gab sich voll und ganz dem Gedanken hin, sich nach dem letzten Pinselstrich in den Schatten fallen zu lassen und die komplette Kirschtorte allein zu verputzen.

Der Tag war endlos, die Hitze unerträglich. Doch schließlich, am späten Nachmittag, erstrahlte das Holzhaus in blendendem Weiß. Peter betrachtete das vollendete Werk aus angemessener Entfernung, danach sah er an sich hinunter. Sein ehemals weißes T-Shirt war nur noch ein graubrauner, schweißnasser Lumpen. Er blickte zu Bob und Justus hinüber. Bob sah nicht besser aus, aber Justus hatte die Arbeit ganz besonders mitgenommen. Sein Gesicht war hochrot und nass, das T-Shirt tropfte förmlich und er konnte kaum noch aufrecht stehen.

Mathilda Jonas kam auf die drei Jungen zu und klatschte begeistert in die Hände. »Bravo! Das Haus sieht herrlich aus! Ich garantiere euch, das wird den Umsatz im nächsten Monat in die Höhe treiben. Ihr habt euch eure Belohnung wirklich verdient! Kommt auf die Veranda, es ist schon alles vorbereitet!«

Justus drehte sich um und blickte seine Tante aus dunkel geränderten Augen an. »Tante Mathilda?«

»Ja?«

»Das war das letzte Mal, dass du bei einer solchen Aktion mit einem Kirschkuchen davonkommst. Ich bin völlig am Ende.«

Sie blickte ihn schuldbewusst an. »Du meinst, mit einem Kirschkuchen kann ich das nicht wiedergutmachen?«

Der Erste Detektiv schüttelte stumm den Kopf. »Auch nicht mit zweien.«

»Okay, du hast was gut bei mir. Wenn du in Zukunft meine Hilfe brauchst, dann kannst du dich auf mich verlassen. Versprochen.«

»Ich werde es mir merken.«

Wenig später saßen die drei Detektive im Schatten der Veranda und verschlangen gierig den vorzüglichen Kuchen, während der Schweiß auf ihren Körpern trocknete.

»Ich sag euch, das mache ich so schnell nicht wieder«, stöhnte Bob, während er die letzten Krümel von seinem Teller auflas.

»Keine Sorge, ein neuer Anstrich ist erst wieder in zwei Jahren fällig«, sagte Justus. »Immerhin haben wir jetzt einen Gefallen bei Tante Mathilda gut. Wer weiß, wozu es gut ist.«

Etwas klingelte weit entfernt. Peter spitzte die Ohren. »Ist das nicht das Telefon in der Zentrale?«

»Ja«, sagte Justus. »Geh mal ran.«

»Nichts da. Du bist der Erste Detektiv.«

Justus rang einen Moment mit sich, doch wie so oft war seine Neugier am Ende ein bisschen größer als seine Faulheit, und so stemmte er sich aus dem Gartenstuhl, sprang von der Veranda und lief über den staubigen Schrottplatz hinüber zur Zentrale. Er schaffte es gerade noch rechtzeitig zum Telefon.

»Justus Jonas von den drei Detektiven.«

»Hach, da habe ich ja gleich den Richtigen an der Strippe!«, rief eine ältere Frauenstimme erfreut. »Mein Name ist Bernadette O'Donnell. Und ich wollte einen von euch sprechen. Justus Jonas – du bist der Chef eures Unternehmens, nicht wahr?«

»Ganz recht. Was kann ich für Sie tun?«

»Nun, ich komme aus Malibu Beach und habe schon einiges über euch gehört und gelesen. Man sagt, euer Spezialgebiet seien übernatürliche Phänomene.«

Justus räusperte sich verlegen. »Spezialgebiet wäre vielleicht etwas zu viel gesagt, aber Sie haben insofern recht, als wir schon einige Fälle gelöst haben, in denen es um vermeintliche Geister- und Spukerscheinungen ging.«

»Perfekt!«, rief Mrs O'Donnell erfreut. »Dann seid ihr genau die Richtigen für mich! Ich habe einen Auftrag für euch!«

»Wie schön! Worum geht es denn?«

»Um das Haus meiner Freundin Elouise Adams.«

»Und was ist mit diesem Haus?«

Bernadette O'Donnell lachte leise. »Es spukt dort nicht.«

»Wie bitte?«

»Ich weiß, es klingt verrückt, aber es spukt nicht in Elouises Haus.«

Justus war verwirrt. »Das ist doch … schön. Oder?«

»Ja«, bestätigte Mrs O'Donnell. »Das ist sogar ganz hervorragend. Das Problem ist, dass wir dafür Beweise brauchen.«

Besuch im Märchenschloss

»Kollegen, ab unter die Dusche, wir haben einen Termin!«

»Wie bitte?«

»Ein neuer Fall. Gerade hat eine Klientin angerufen.

Ich habe ihr versprochen, dass wir in einer Stunde vorbeikommen.« Justus schilderte seinen Freunden in kurzen Sätzen, worum es ging.

»Ein Spukhaus?«, hakte Peter nach. »Oh Mann, kann es nicht mal was anderes sein?«

»Es ist doch was anderes. Nämlich eben *kein* Spukhaus. Ich gestehe, so ganz verstanden habe ich die Sache nicht, aber wir werden die Details schon in Erfahrung bringen. Doch vorher müssen wir uns umziehen. Also los, ihr könnt bei uns im Haus duschen, wir haben keine Zeit zu verlieren!«

Peter schüttelte den Kopf. »Es ist doch immer wieder erstaunlich, wie schnell du deine Energie zurückgewinnst, sobald es um einen neuen Fall geht.«

Da Bob und Peter in der Zentrale immer ein paar frische Klamotten gelagert hatten, mussten sie nicht erst nach Hause fahren. Eine halbe Stunde später waren alle frisch geduscht und umgezogen und fühlten sich wie neugeboren.

Malibu Beach lag nur wenige Meilen von Rocky Beach entfernt, die drei Detektive konnten die Strecke leicht mit dem Fahrrad zurücklegen. Die Sonne stand bereits tief am Himmel, als sie die Küstenstraßen entlang Richtung Norden fuhren und die ersten Häuser der Stadt passierten. Malibu war eine wohlhabende Gegend, viele Stars aus Hollywood und reiche Geschäftsleute lebten hier.

Die Adresse, die Mrs O'Donnell dem Ersten Detektiv gegeben hatte, lag in einer ruhigen Villengegend ein Stückchen landeinwärts. Es war ein von einem prachtvollen Garten umgebenes Traumhaus mit weiß getünchten Mauern, die in der untergehenden Sonne in einem rötlichen Ton strahlten. Im Garten leuchteten dazu Hunderte von blutroten Rosen. Sie verwandelten die Pergola am Gartentor in einen farbenprächtigen Tunnel, durch den kaum ein Lichtstrahl drang. Die Rosen rankten die kurze Treppe zur Haustür empor und reichten bis zum Balkon, der vor lauter Blütenpracht geradezu explodierte. Es war wie in einem Märchenschloss.

»Ist ja wie bei Dornröschen hier«, sagte Bob beeindruckt, als sie die Räder an der Straße abstellten.

»Ja, nur dass der Prinz diesmal ein Möbelpacker ist«, antwortete Justus und wies auf den Lastwagen einer Spedition, der am Straßenrand stand. Die Ladefläche war fast leer geräumt, nur noch wenige Kartons standen dort. Zwei Männer in schmutzig weißen Overalls packten die letzten Kisten und trugen sie ins Haus.

»Das war es, Mrs O'Donnell!«

»Wunderbar!«, kam die Stimme, die Justus vom Telefon her kannte, aus dem Haus. »Schicken Sie mir die Rechnung!« Die Spediteure stiegen in ihren Wagen und fuhren davon.

Die drei ??? betraten den Garten und stiegen die rosenumrankte Treppe hinauf zur offen stehenden Tür. In der angrenzenden Eingangshalle beugte sich eine ältere Dame über einen Umzugskarton und wühlte darin herum. Sie trug Jeans und T-Shirt, ihre grauen Haare waren mit einem bunten Tuch zurückgebunden. Als sie die drei Detektive bemerkte, richtete sie sich auf und kam ihnen erfreut entgegen.

»Ach, da seid ihr ja schon! Das ging aber fix. Ich bin Bernadette O'Donnell.« Sie reichte jedem der drei die Hand.

»Justus Jonas. Und das sind meine Kollegen Bob Andrews und Peter Shaw.«

»Sehr erfreut. Entschuldigt das Chaos, wir ziehen gerade erst ein.«

»Kein Problem«, meinte Peter großmütig.

»Aber der Salon ist schon fertig!« Mrs O'Donnell wandte den Kopf und rief: »Cecilia! Die Detektive sind hier!« Sie öffnete eine Doppelflügeltür auf der linken Seite der Eingangshalle und bedeutete den drei Detektiven, ihr zu folgen.

Der Salon war ein mit schweren Teppichen und antiken Möbeln eingerichteter Raum mit Blick auf den Garten. An den Wänden hingen alte Ölgemälde in goldenen Rahmen, ein geschwungenes Sofa aus rotem Samt stand neben dem Kamin, daneben ein Teetisch aus Messing. Das Einzige, was die Märchenschlossatmosphäre störte, war die riesige und sündhaft teuer wirkende Musikanlage, die an der Wand stand und in mattem Silber glänzte. Wem immer dieses Prachtstück gehörte, dem musste Musik eine Menge bedeuten.

Auf dem Sofa saß eine Frau in Mrs O'Donnells Alter. Sie war ganz in unscheinbares Schwarz gekleidet und trug eine randlose Brille. Mit ihrem streng zurückgekämmten Haar wirkte sie wie eine drakonische Schuldirektorin. Mit ausdruckslosem Gesicht blickte sie den drei ??? entgegen.

Mrs O'Donnell stellte die drei Detektive vor. »Und

dies ist meine Freundin Cecilia Jones. Dr. Cecilia Jones. Setzt euch doch bitte!«

Justus, Bob und Peter nahmen Platz und Bernadette O'Donnell schenkte ihnen Tee ein.

»Ich muss gestehen, Mrs O'Donnell, dass ich vorhin am Telefon nicht alles verstanden habe. Vielleicht sollten wir noch mal von vorn beginnen. Worum geht es, sagten Sie? Um ein Spukhaus?«

»Ja. Und nein. Es geht um *dieses* Haus. Aber ich glaube nicht, dass es hier spukt.«

»Sondern Sie«, vermutete Justus und wandte sich an Cecilia Jones.

»Nein. Ich bin Ärztin. Wissenschaftlerin. Ich halte überhaupt nichts von solchem Unfug.«

»Nun, dann verstehe ich nicht ganz.«

»Es ist unsere gemeinsame Freundin Elouise, die an Gespenster glaubt«, klärte Mrs O'Donnell ihn auf. »Sie ist die rechtmäßige Besitzerin des Hauses. Aber ich fange besser von vorn an: Bis vor drei Monaten war dies die Villa von Dora Mastrantonio ...«

»Dora Mastrantonio?«, platzte es aus Bob heraus. »Sie meinen die berühmte Opernsängerin?«

Mrs O'Donnell lächelte. »Genau die. Es freut mich, dass auch junge Leute noch etwas mit ihrem Namen anfangen können.«

»Nun ja, ich bin nicht wirklich ein Opernfan«, gestand Bob. »Aber Dora Mastrantonio ist einfach ein Star! Gewesen. Ist sie nicht vor Kurzem verstorben?«

Sie nickte traurig. »Dora, Elouise, Cecilia und ich waren jahrzehntelang die besten Freundinnen. Bereits vor langer Zeit haben wir uns geschworen: Falls wir unsere Ehemänner überleben, ziehen wir alle zusammen in ein Haus und gründen eine Wohngemeinschaft. Nun, ich selbst war nie verheiratet, Elouise auch nicht. Dora wurde bereits vor fünfzehn Jahren Witwe. Und Cecilias Mann Gilbert starb vor vier Monaten.«

Dr. Jones senkte den Blick. Nun war Justus klar, warum sie ganz in Schwarz gekleidet war und so abwesend wirkte. »Das tut mir leid«, sagte er verlegen. Dr. Jones reagierte nicht.

»Eine Woche später starb die arme Dora«, fuhr Mrs O'Donnell fort. Ihre zuvor so feste Stimme wurde brüchig, und sie zückte ein Taschentuch, um sich eine einzelne Träne abzutupfen. »Sie ist tödlich verunglückt. Die Ärmste! Und dabei hatten wir uns alles so schön ausgemalt. Wir vier, zusammen in diesem Haus. Es wäre herrlich geworden! Tja, nun sind wir nur noch zu dritt.«

Justus blickte unauffällig zu Peter und Bob hinüber. Niemand wusste etwas zu sagen. Eine unangenehme Pause entstand. Doch dann richtete sich Mrs O'Donnell wieder auf, fuhr sich durchs Haar und lächelte. »Aber das Leben ist zu kurz, um Trübsal zu blasen, nicht wahr? Elouise hat dieses Haus von Dora geerbt, sie stand ihr von uns allen am nächsten. Und so beschlossen wir, unseren Plan trotz allem in die Tat umzusetzen. Wir sind nur noch zu dritt, aber durch dieses Haus und den Garten, den Dora so geliebt hat, wird sie immer bei uns sein.«

»Das Problem ist nur«, ergriff nun Dr. Jones das Wort, »dass Elouise nicht will.«

»Was will sie nicht?«, fragte Bob.

»Hier einziehen. Sie hat das Haus zwar geerbt, es gehört jetzt rechtmäßig ihr, aber sie will hier nicht wohnen.«

»Weil sie glaubt, dass es hier spukt«, vermutete Justus.

»Richtig«, bestätigte Dr. Jones. »Und das ist natürlich vollkommener Unsinn.«

»Ohne die Situation im Detail zu kennen, gebe ich Ihnen recht.«

»Siehst du, Cecilia, ich habe es dir doch gesagt: Die drei ??? sind genau die Richtigen für uns. Ihr glaubt nicht an Geister, nicht wahr?«

Justus schüttelte den Kopf. »Wir hatten es schon häufig mit mysteriösen Vorkommnissen zu tun, die auf den ersten Blick übernatürlichen Ursprungs zu sein schienen. Aber im Nachhinein stellte sich immer alles als Schwindel heraus.«

»Großartig!« Mrs O'Donnell war begeistert. »Dann hoffe ich, dass ihr den Fall übernehmt?«

Justus sah zu Bob und Peter hinüber, die zustimmend nickten. »Mit dem größten Vergnügen, Madam.«

Schritte erklangen auf dem Flur. Dann eine unsichere, helle Stimme: »Hallo?«

»Oh, das ist sie!«, raunte Mrs O'Donnell. »Cecilia, sei nett zu ihr! Und von euch dreien erwarte ich volle Unterstützung!«

Die drei ??? sahen einander verdutzt an. Sie hatten nicht die blasseste Ahnung, wovon Bernadette O'Donnell sprach. Doch niemand kam mehr dazu nachzufragen, denn schon öffnete sich die Tür zum

Salon, und eine beleibte Dame mit kastanienbraun getönten Haaren trat ein. Sie war etwa in Mrs O'Donnells und Dr. Jones' Alter und trug ein locker fallendes Gewand in warmen Herbstfarben, darüber eine dicke, schwere Kette aus bunten Holzperlen. Justus fühlte sich sofort an die Heilpraktikerin in Rocky Beach erinnert, zu der Tante Mathilda mal gegangen war, um ihre Hühneraugen besprechen zu lassen. Das Gesicht der Dame war von Sorgenfalten gezeichnet, die strahlend blauen Augen blickten verunsichert von einem zum anderen. »Was ist denn hier los?«

»Ah, schön, dass du kommst, Elouise!«, rief Mrs O'Donnell. »Möchtest du eine Tasse Tee? Er ist ganz frisch!«

»Was treibt ihr denn hier? Was haben die ganzen Kisten in der Halle zu suchen?«

»Oh, das sind … äh …«

»Unsere Umzugskisten«, sagte Dr. Jones knapp.

Elouises Augen weiteten sich vor Schreck. »Ihr wollt doch nicht wirklich hier einziehen!«

»Wir sind schon hier eingezogen, meine Liebe«, antwortete Dr. Jones. »Ich weiß, es ist dein Haus, aber früher oder später wirst du deine Meinung sowieso ändern und dein Domizil hier errichten.«

»Und da dachten wir, wir machen es dir ein bisschen leichter und bereiten schon mal alles vor!«, rief Mrs O'Donnell und nickte Elouise aufmunternd zu. »Nicht wahr, Cecilia?«

»Ganz recht. Denn dass wir hier gemeinsam wohnen werden, ist seit Jahren abgesprochen.«

Noch immer stand Elouise regungslos mitten im

Raum. »Und wer sind diese drei jungen Herren?«, brachte sie schließlich hervor.

»Das, oh, das sind …«

»Wir sind die drei Detektive«, übernahm Justus das Wort. »Darf ich Ihnen unsere Karte geben?« Schwungvoll zog Justus aus der Innentasche seiner Jacke ein kleines silbernes Etui, das er vor einigen Tagen auf dem Schrottplatz gefunden und sogleich für seine Visitenkarten eingesteckt hatte. Er klappte es auf und reichte Mrs O'Donnell ein Pappkärtchen.

Die drei Detektive

Wir übernehmen jeden Fall

???

Erster Detektiv:	*Justus Jonas*
Zweiter Detektiv:	*Peter Shaw*
Recherchen und Archiv:	*Bob Andrews*

»Ich bin Elouise Adams«, antwortete sein Gegenüber mechanisch. »Ich verstehe nicht ganz … Detektive? Was hat das alles zu bedeuten?«

»Setz dich doch erst mal, Elouise«, sagte Bernadette lächelnd und rutschte auf dem Sofa ein Stück zur Seite. »Du siehst ganz blass aus.«

Langsam ging Mrs Adams auf die Couch zu und nahm Platz. »Würdet ihr mir nun bitte erklären, was hier vor sich geht?«

»Hör zu, Elouise«, begann Mrs O'Donnell. »Justus, Peter und Bob sind ganz besondere Detektive. Sie kennen sich mit Geistern und Gespenstern aus. Wir haben sie engagiert, damit sie dir deine Angst vor diesem Haus nehmen.«

»Wie bitte?«, krächzte Mrs Adams und blickte nun von einem zum anderen. »Aber das –«

»Ist nur zu deinem Besten!«, versicherte Dr. Jones. »Wir wollen doch, dass du dich hier bald wie zu Hause fühlst!«

Langsam verwandelte sich Mrs Adams' Hilflosigkeit in Wut. »Seid ihr noch zu retten? Erst zieht ihr hier ohne mein Wissen ein und nun schnüffeln auch noch Detektive in meinem Haus herum.« Sie wandte sich an die drei ???: »Ich möchte nicht unhöflich erscheinen, aber ihr könnt gleich wieder gehen!«

Drei Damen und ein Geist

»Es tut uns leid, Madam«, versicherte Justus. »Wir hatten keine Ahnung, dass Sie über unseren Besuch nicht informiert waren.«

»Es ist ja nicht eure Schuld«, sagte Mrs Adams sanft. Ihr Zorn war so schnell verflogen, wie er aufgeflammt war. »Aber mir ist das alles zu viel im Moment.«

»Aber Elouise«, sagte Mrs O'Donnell und legte ihr beruhigend eine Hand auf das Knie. »Nun hör dir doch erst mal unsere Idee an. Diese drei Jungen können uns wirklich weiterhelfen, glaub mir!«

»Aber ich brauche doch gar keine Hilfe!«

»Natürlich brauchst du die. Sonst hättest du schon längst deine Sachen gepackt und wärst hierher gezogen! In dieses wunderschöne Haus mit seinem wunderschönen Garten, um den du Dora immer beneidet hast. Er gehört jetzt dir! Du willst doch nicht wirklich darauf verzichten und weiterhin in deiner kleinen Wohnung im Neubauviertel wohnen!«

»Ihr versteht das nicht. Natürlich liebe ich dieses Haus. Aber Dora hat es auch geliebt. Mehr als alles auf der Welt. Und sie ist auf so schreckliche Weise ums Leben gekommen ... Ihr Geist wird diese Mauern niemals verlassen!« Elouise Adams schien verzweifelt.

»Und genau deshalb sind die drei Detektive hier«, sagte Mrs O'Donnell ruhig. »Sie werden dir beweisen, dass das alles nur Hirngespinste sind.« Sie warf Justus einen beschwörenden Blick zu. »Nicht wahr?«

Der Erste Detektiv räusperte sich. Er fühlte sich gar nicht wohl. »Wir werden unser Möglichstes tun. Doch es wäre hilfreich, wenn Sie uns sagen könnten, was genau Sie beobachtet haben, Mrs Adams. Was waren das für Spukerscheinungen? Waren es Geräusche? Oder haben Sie etwas gesehen?«

»Na, weder noch!«, rief Cecilia Jones. »Das ist ja der Witz an der Sache!«

»Ich verstehe nicht ganz.«

»Elouise hat gar nichts gesehen. Und auch nichts gehört. Sie *glaubt* nur, dass es hier spukt!«

»Stimmt das, Mrs Adams?«

Elouise Adams nickte. »Einen Geist gesehen habe

ich nicht. Seit Doras Tod bin ich ja kaum hier, nur zum Blumengießen und um nach dem Rechten zu schauen. Aber ich bin sicher, wenn ich auch nur eine Nacht in diesem Haus verbringen würde ... Doras Geist geht hier um, ich spüre das einfach!«

»Dann verstehe ich nicht ganz, was wir tun sollen«, sagte Peter. »Wenn Sie weder etwas gesehen noch etwas gehört haben – was sollen wir denn dann untersuchen?«

»Gar nichts, wenn ihr mich fragt«, antwortete Mrs Adams trotzig. »Ich brauche keine Untersuchung. Ich weiß, was ich weiß.«

»Aber schließlich haben wir die drei Detektive mit diesem Fall beauftragt«, sagte Mrs O'Donnell. »Ich bin mir sicher, euch fällt etwas ein.«

»Die Nichtexistenz eines Geistes zu beweisen, ist schwierig«, meinte Justus. »Betrachten wir die Sache doch mal von der anderen Seite: Es gibt keine Geister. Punkt. Solange mir niemand das *Gegenteil* beweist, ist dies für mich eine unumstößliche Tatsache.«

»Das heißt, Mrs Adams müsste dir erst die Existenz von Geistern beweisen, damit du den Beweis widerlegen kannst?«, fragte Bob.

»Ich werde gar nichts beweisen!«, ereiferte sich Mrs Adams. »Wie käme ich denn dazu?«

»Nein, nein, nein«, fuhr Mrs O'Donnell dazwischen. »So geht das nicht. Wir müssen gemeinsam an der Sache arbeiten, alle zusammen.«

»Und was schlagen Sie vor?«, wollte Peter wissen.

»Ganz einfach: Wir versuchen, den Geist zu rufen. Wenn er nicht antwortet, dann gibt es ihn auch nicht.«

»So einfach ist das nicht, Bernadette«, sagte Mrs Adams. »Zu einem Haufen Ungläubiger, wie ihr es seid, wird Doras Geist nie kommen. So etwas geht nur mit einem Medium.«

»Einem Medium?«, fragte Peter.

»Ja. Eine Person, die Kontakt zur Zwischenwelt herstellen kann. Während einer Séance. Es gibt Menschen, die diese Begabung haben.«

»Kennen Sie einen?«

»Leider nicht.«

»Fantastisch!«, rief Mrs O'Donnell. »Dann wird es eure Aufgabe sein, ein Medium zu suchen. Das dürfte für erfahrene Detektive wie euch doch keine Schwierigkeit sein, oder?«

»Nun ja ...«, begann Justus.

Doch Bernadette O'Donnell ließ ihn gar nicht ausreden. »Großartig! Hach, das wird spannend werden. Wer weiß, Cecilia, vielleicht behält Elouise doch recht und Doras Geist antwortet wirklich, hahaha! Wann werdet ihr so weit sein?«

Bob blickte zu Peter. Peter blickte zu Bob. Beide blickten zu Justus. Wie sollten sie aus diesem Schlamassel nur wieder herauskommen?

»Morgen«, antwortete Justus entschlossen.

»Morgen?«, echote Peter. Es gelang ihm kaum, sein Entsetzen zu verbergen.

Der Erste Detektiv nickte. »Morgen Abend.«

»Aber ...« Peter senkte die Stimme zu einem Raunen. »Aber wir kennen doch gar kein Medium.«

»Doch, Zweiter, ich schon. Die Dame ist sehr begabt und hat schon oft mit Toten gesprochen.«

Elouise Adams runzelte die Stirn. »Ich denke, du glaubst nicht an Geister.«

»Tue ich auch nicht. Aber darum geht es hier nicht, oder? Das Medium, das ich im Sinn habe, behauptet, mit dem Jenseits in Verbindung zu stehen. Wenn das die Wahrheit ist, dann wird sie Doras Geist rufen können. Ich bin gerne bereit, mich überzeugen zu lassen.«

»Fein!«, rief Mrs O'Donnell. »Dann wäre das ja geklärt!«

»Wir treffen uns morgen Abend nach Sonnenuntergang hier«, schlug Justus vor. »Und dann werden wir sehen, ob es in diesem Haus spukt oder nicht. Doch nun entschuldigen Sie uns, wir müssen noch einiges vorbereiten.«

»Selbstverständlich! Wir sehen uns morgen!«

Mrs O'Donnell brachte die drei Detektive zur Tür, und sie beeilten sich, auf ihre Fahrräder zu steigen und zu verschwinden.

»Bist du von allen guten Geistern verlassen?«, fragte Peter aufgebracht, als sie um die erste Straßenecke gebogen waren. Es war bereits dunkel und der Mond ging gerade auf. »Du willst tatsächlich ein Medium engagieren? Was ist denn nur in dich gefahren?«

»Was in mich gefahren ist? Diese drei Grazien sind in mich gefahren!« Justus' Miene verdüsterte sich. »Wir sollen beweisen, dass es keine Geister gibt, was bilden die sich eigentlich ein! Als ob wir nichts Besseres zu tun hätten.«

»He, Just, so kenne ich dich ja gar nicht«, meinte

Bob, während sie auf die Hauptstraße Richtung Rocky Beach einbogen. »Du bist doch sonst immer Feuer und Flamme, wenn es um Spukgeschichten und Geistererscheinungen geht.«

»Ja, bei *echten* Spukgeschichten! Und bei Geistererscheinungen, die man sehen kann! Aber hier liegt der Fall doch völlig anders: Mrs Adams ist eine abergläubische Dame, die Angst hat, ihr neues Haus zu beziehen. Ihre beiden Freundinnen wollen dort aber unbedingt wohnen und müssen Elouise nun bekehren. Aber tut mir leid, Kollegen, in meinen Augen ist das ein intrigantes Spielchen und nicht Aufgabe eines Detektivs! Es gibt überhaupt nichts zu ermitteln. Ich *weiß*, dass es keine Geister gibt, das muss ich nicht erst beweisen, also was soll der Quatsch!«

Der Zweite Detektiv ließ sich neben Justus rollen und schüttelte den Kopf. »Aber warum bist du denn dann auf das Angebot eingegangen?«

»Ganz einfach: Um diese Farce so schnell wie möglich zu beenden. Die drei Damen wollen eine Show geliefert bekommen, eine echte Geisterbeschwörung mit einem Medium und allem Drum und Dran. Bitte schön, sollen sie haben. Die Show wird absolut überzeugend sein und trotzdem vollkommen ergebnislos enden, womit der Beweis erbracht wäre, dass es im Haus von Mrs Adams nicht spukt. Was sie mit dieser Erkenntnis dann anfangen, ist ihr Problem. Für uns wäre der Fall damit jedenfalls erledigt und wir können uns wieder anderen Dingen zuwenden.«

Einen Moment lang war Peter sprachlos. »Du willst sie reinlegen!«

»Nein. Ich gebe ihnen nur das, was sie wollen. Am Ende werden wir sehr zufriedene Klienten haben, verlasst euch drauf!«

Langsam fand Peter Gefallen an dem Gedanken. »Und wie stellen wir die ganze Sache an?«

»Das Wichtigste ist das Medium. Sie muss eine überzeugende Vorstellung geben!«

»Da bin ich aber mal gespannt, Just«, sagte Bob. »Hast du schon jemanden im Sinn, der die Rolle übernehmen soll?«

»Allerdings, das habe ich. Und in einem Punkt habe ich nicht geflunkert. Die Dame hat tatsächlich schon einmal mit einem Toten gesprochen. Gerade heute erst. Genauer gesagt mit einem Totenkopf.«

Bob machte große Augen. »Du meinst doch nicht etwa …«

Der Erste Detektiv lachte schallend. Er trat schneller in die Pedalen und jagte den Gebäuden von Rocky Beach entgegen, die vor dem im Mondlicht glitzernden Pazifik aufgetaucht waren. »Das wird ein Riesenspaß!«

Tante Mathildas Versprechen

»Ich soll *was*?« Mathilda Jonas trat einen Schritt zurück und starrte ihren Neffen entsetzt an. Bob und Peter konnten sich ein Kichern kaum verkneifen.

»Das ist wirklich keine große Sache, Tante Mathilda. Du sollst dich nur ein bisschen verkleiden und so tun, als seist du ein übersinnlich begabtes Medium, nichts weiter.« Justus sah sie unschuldig an. Die drei Detektive und Tante Mathilda standen in der Küche der Familie Jonas, wo Onkel Titus gerade dabei war, das Abendessen zuzubereiten.

»Nichts weiter ist gut. Du glaubst doch nicht im Ernst, dass ich das mache, Justus Jonas! Nein, absolut ausgeschlossen.« Sie löste sich aus ihrer Erstarrung und half Onkel Titus beim Tischdecken.

»Aber wir sind auf deine Hilfe angewiesen, Tante Mathilda«, sagte Justus eindringlich. »Ich muss bis morgen Abend jemanden auftreiben, der eine kleine spiritistische Sitzung durchführt.«

»Was habe ich damit zu tun?«

»Ich habe es versprochen!«

»Dann solltest du in Zukunft nur Versprechen geben, die du auch halten kannst.«

Genau darauf hatte Justus gewartet. Tante Mathilda war ihm in die Falle gegangen. Sie wusste es nur noch nicht. »So wie du?«

Tante Mathilda lächelte zufrieden. »Ja, genauso wie ich. Nimm dir ein Beispiel an deiner alten Tante. Ich käme nie auf die Idee, so eine absurde Zusage zu machen. Ich gebe mein Wort nur, wenn ich mir absolut sicher bin.«

»Fein«, sagte Justus. »Dann darf ich dich daran erinnern, dass wir bei dir noch etwas guthaben? Heute Nachmittag hast du versprochen, uns als Dank für die Streichaktion zu unterstützen, wann immer wir das nächste Mal deine Hilfe brauchen.«

Mathilda Jonas, die gerade die Käseplatte auf den

Tisch stellen wollte, hielt mitten in der Bewegung inne. Einen Moment lang sah es so aus, als würde sie die Platte fallen lassen. »Nein, Justus. Das kannst du nicht von mir verlangen.«

Justus blieb ganz ruhig. »Du hast dein Wort gegeben.«

»Titus! Sag doch auch mal was!«

Onkel Titus hatte sein Grinsen bisher erfolgreich hinter seinem dicken schwarzen Schnurrbart verstecken können, doch nun entschlüpfte ihm ein leises Kichern. »Was soll ich denn dazu sagen, Mathilda? Wenn du Justus etwas versprochen hast – dann musst du es auch halten. Du willst ihm doch ein Vorbild sein, oder?«

»Aber ich kann doch nicht…«

»Bitte, Mrs Jonas«, mischte sich nun Bob in das Gespräch. »Sie müssen gar nicht viel tun, wirklich nicht! Sie müssen auch kaum etwas sagen, das machen wir schon. Je weniger Sie sagen, desto geheimnisvoller wirkt es.«

»Ja!«, stimmte Peter zu. »Sie sind wirklich perfekt für diese Rolle!«

Tante Mathilda drehte sich entrüstet um. »Was willst du denn damit sagen?«

»Ich… äh…«

»Soll das heißen, ich wirke auf euch wie eine von diesen verrückten Esoteriktanten? Wie diese Heilpraktikerin mit ihren Hühneraugensprüchen?«

»Nein! Nein, ich meine nur…«

»Peter wollte damit nur sagen, dass du eine begabte, wandlungsfähige Frau mit vielen Gesichtern bist, die sich im Handumdrehen mit einer Aura des Mystischen umgeben kann, wenn sie will«, sagte Justus. Und er hätte wetten können, dass Tante Mathilda ein kleines bisschen errötete.

»Tatsächlich?«

Onkel Titus lachte. »Aber natürlich! Deshalb habe ich dich doch geheiratet!«

Einen Moment lang blickte sie unschlüssig von einem zum anderen. Schließlich ließ sie sich seufzend auf einen Stuhl fallen. »In Ordnung. Ihr habt gewonnen.«

»Danke, Tante Mathilda!«, rief Justus und drückte ihr einen Kuss auf die Wange.

»Aber lasst euch bloß nicht einfallen, dass ich das jetzt öfter mache! Einmal Geisterbeschwörung wiegt meine Schuld mehr als genug auf!«

»Natürlich, Mrs Jonas«, versprach Bob. »Und wenn Sie mal wieder etwas gestrichen haben wollen –«

»Dann können wir jederzeit über die Bedingungen sprechen«, unterbrach Peter ihn schnell.

Tante Mathilda grinste. »Esst mit uns zu Abend und erzählt mir euren Plan!«

Es war immer wieder ein beeindruckender Anblick, wenn der schwarze Rolls-Royce mit den blitzenden Goldbeschlägen auf den staubigen Hof der Firma Jonas rollte. Justus hatte die Dienste des Chauffeurs Morton einst bei einem Preisausschreiben gewonnen. Zunächst war dies auf dreißig Tage beschränkt gewesen, doch ein dankbarer Klient hatte dafür gesorgt, dass die drei ??? von nun an jederzeit den Rolls-Royce nutzen konnten. Inzwischen war Morton ein guter Freund geworden. Trotzdem hatte er seine höflichen Umgangsformen, die er perfekt beherrschte, niemals abgelegt. Und so verzog er auch heute keine Miene, als er aus dem Wagen stieg, die Mütze abnahm und Tante Mathilda grell geschminkt und mit auftoupiertem Haar erblickte. In der Hand hielt sie einen flachen Koffer.

»Guten Abend, die Dame, die Herrschaften.«

»Guten Abend, Morton«, sagte Justus. »Schön, dass Sie Zeit für uns haben.«

»Es ist mir ein Vergnügen.«

»Sie müssen schon entschuldigen, Mr Morton, aber mein Neffe und seine Freunde haben mich dazu überredet, heute so aufzutreten. Nicht dass Sie denken, ich würde freiwillig so herumlaufen.«

»Selbstverständlich, Madam.« Morton öffnete die Beifahrertür und ließ Tante Mathilda einsteigen, die drei ??? nahmen auf der Rückbank Platz. »Wohin darf ich Sie chauffieren?«

»Nach Malibu Beach, Morton.«

»Sehr wohl, die Herrschaften.«

Morton startete den Motor, der butterweich surrte, und fuhr vom Hof.

Es war bereits früher Abend, doch heute hatte sich die Sonne hinter dicken bleigrauen Wolken versteckt. Den ganzen Tag war es unerträglich heiß und schwül gewesen. Am Nachmittag waren dann erste Wolken aufgezogen, die sich nun zu einer düsteren Wand verdichteten. Wind kam auf und brachte Luft mit sich, die nach Gewitter roch.

»Fantastisch«, schwärmte Justus. »Das Wetter macht die Atmosphäre, die wir brauchen, perfekt. Das wird ein Riesenspaß!«

»Na, Hauptsache, ihr amüsiert euch«, sagte Tante Mathilda.

»Du schaffst das schon, Tante Mathilda. Mach einfach alles so, wie wir es besprochen haben, dann kann gar nichts schiefgehen.«

Die Fahrt dauerte nicht lang, doch während der ganzen Zeit murmelte Tante Mathilda immer wieder ein Wort vor sich hin, das wie »Wija« klang. Als der Rolls-Royce nach wenigen Minuten vor Dora Mastrantonios Anwesen zum Stehen kam, fing es gerade an zu regnen. Morton stieg aus, öffnete die Türen und zauberte wie aus dem Nichts einen Regenschirm hervor. Er hielt ihn schützend über Tante Mathilda und die drei Detektive, während er sie zur Villa begleitete.

»Das ist ja ein Traum!«, schwärmte Tante Mathilda, als sie den Garten betrat und von einem Meer aus Rosen empfangen wurde.

An der Haustür wurden sie von Bernadette O'Donnell erwartet, die abwechselnd Tante Mathilda, Morton und den Rolls-Royce anstarrte. Der sorgfältig geplante Auftritt verfehlte seine Wirkung nicht. Mrs O'Donnell schien tief beeindruckt.

»Mrs O'Donnell, das ist Mathilda, das Medium«, stellte Justus seine Tante mit todernster Miene vor.

Tante Mathilda neigte salbungsvoll den Kopf, ihren Koffer fest umklammert.

»Soll ich auf Sie warten, die Herrschaften?«, fragte Morton.

»Danke, Morton, das wäre nett. Ich denke, dass wir in einer Stunde zurück sind.«

Morton wollte gerade kehrtmachen, als Mrs O'Donnell rief: »Aber nicht doch, kommen Sie rein! Da ist es doch gemütlicher als in Ihrem Wagen! Ich meine … nicht dass Ihr Wagen ungemütlich ist, ganz und gar nicht!« Mrs O'Donnell lachte unsicher, was Justus äußerst zufrieden registrierte.

Mrs O'Donnell führte alle in den Salon, in dem bereits Mrs Jones und Mrs Adams saßen. Sie stellten einander vor. Überall standen Kerzen, die den Raum in ein warmes, dämmriges Licht tauchten. Die Lampen waren ausgeschaltet.

»Wir dachten, das macht es etwas atmosphärischer«, erklärte Mrs O'Donnell und sah verunsichert zu Tante Mathilda. »Natürlich nur, wenn es Ihnen recht ist. Wir können auch das elektrische Licht einschalten.«

Tante Mathilda nickte wieder. »Es ist gut so, wie es ist.«

Nun trat Elouise Adams auf Tante Mathilda zu. »Und Sie sind wirklich ein Medium?«

»Ja, das bin ich«, antwortete Tante Mathilda hüstelnd.

»Haben Sie mit vielen Geistern Kontakt aufgenommen?«

Sie nickte kaum wahrnehmbar.

»Und glauben Sie, dass es in diesem Haus einen Geist gibt?«

»Das werden wir bald wissen.«

»Nun, dann lassen Sie uns doch einfach beginnen!«, schlug Mrs O'Donnell vor und rieb sich die Hände. »Sagen Sie uns, was Sie brauchen!«

»Einen runden Tisch. Den Rest habe ich mitgebracht.«

»Am besten nehmen wir den Tisch aus dem Esszimmer«, schlug Cecilia Jones vor und bedeutete den drei Detektiven, ihr zu folgen. Gemeinsam trugen sie einen großen Tisch aus dunklem Holz herein und stellten ihn in die Mitte des Raumes.

Tante Mathilda betrachtete ihn abschätzig. »Ja, das wird gehen.« Sie stellte ihren Koffer ab und öffnete ihn. Darin befand sich ein großes Holzbrett, das mit Zeichen und Symbolen versehen war. Die Zahlen 0 bis 9 und die Buchstaben von A bis Z waren in einem großen Kreis in das Holz gebrannt. Der Kreis war an zwei Stellen unterbrochen von den Worten »Ja« und »Nein«. Den Rand des Brettes zierten Pentagramme und andere magische Symbole. »Das«, sagte Tante Mathilda und versuchte, möglichst mystisch zu klingen, »ist ein Ouija-Brett.« Justus bemerkte ihre Erleichterung darüber, das schwierige Wort richtig ausgesprochen zu haben. »Mit seiner Hilfe werden wir den Geist rufen.« Sie legte das Brett in die Mitte des Tisches. »Jetzt brauche ich noch ein Glas.«

Dr. Jones hatte schnell ein langstieliges Weinglas zur Hand.

»Und nun setzen Sie sich bitte.«

Alle Anwesenden nahmen Platz. Nur Morton blieb steif in der Nähe der Tür stehen.

»Wollen Sie nicht mitmachen, Morton?«, schlug Justus vor.

»Wenn es den Damen und Herren nichts ausmacht, ziehe ich es vor, dieser Veranstaltung nicht beizuwohnen.«

»Wie Sie wollen.«

Während draußen entfernter Donner grummelte, richtete sich Tante Mathilda kerzengerade auf und ließ ihren Blick langsam in die Runde wandern. In allen Gesichtern lag eine aufgeregte Spannung. Selbst Justus, Peter und Bob, die genau wussten, was hier gespielt wurde, ließen sich von der Atmosphäre gefangen nehmen. Dann sagte Tante Mathilda mit rauchiger Stimme: »Lasst uns beginnen!«

Séance

»Ich bitte Sie, sich zu konzentrieren. Versuchen Sie, Ihren Alltag zu vergessen und sich ganz auf das Hier und Jetzt einzulassen. Störende Gedanken könnten den Geist verscheuchen.« Tante Mathilda griff nach dem Weinglas und hauchte hinein. Dann ließ sie ihre rechte Hand über das Glas kreisen und stellte es schließlich mit dem Fuß nach oben in die Mitte des Brettes. »Legen Sie nun alle den Zeigefinger der rechten Hand auf den Rand des Glases. Ich werde den Geist rufen. Wenn es einen in diesem Haus gibt, wird sich das Glas bewegen. Wenn nicht, dann ist dieses Haus rein. Bitte fassen Sie sich in Geduld. Es kann einige Minuten dauern. Wenn wir jedoch nach zehn Minuten keine Antwort erhalten haben, ist meine Arbeit getan.«

Alle legten ihren Finger auf das Glas. Ein Blitz zuckte vom Himmel und tauchte den Raum für den Bruchteil einer Sekunde in bläuliches Licht. Tante Mathilda wartete den Donner ab, dann atmete sie tief durch, schloss die Augen und sagte: »Ich bitte um Kontakt zum Totenreich. Wenn die arme Seele eines Verstorbenen in diesen Mauern Zuflucht gesucht hat, dann antworte uns bitte! Geist, bist du da?«

Totenstille senkte sich über die Anwesenden. Niemand bewegte sich mehr, es gab kein Räuspern, kein lautes Atmen. Einzig und allein das Ticken der großen Standuhr in der Ecke und das Rauschen des Windes vor dem Fenster waren zu hören.

Justus ließ seinen Blick über die vom flackernden Kerzenlicht beschienenen Gesichter wandern. Tante Mathilda hatte die Augen hingebungsvoll geschlossen und wiegte ihren Oberkörper leicht vor und zurück. Es war eine perfekte Vorstellung! Justus war beeindruckt. So viel Talent hatte er seiner Tante gar nicht zugetraut. Sie war voll und ganz in ihrer Rolle aufgegangen.

Bob und Peter blickten in die Mitte des Tisches und waren bemüht, sich nichts anmerken zu lassen. Sie vermieden Blickkontakt, da sonst vermutlich einer von ihnen hätte lachen müssen.

Mrs O'Donnell hatte die Augen geschlossen, was Justus ein wenig wunderte. Schließlich war sie diejenige, die nicht an Geister glaubte. Doch offenbar hatte Tante Mathilda sie so beeindruckt, dass sie nun nichts mehr ausschließen wollte.

Dr. Jones sah ebenso wie Justus in die Runde. Über

den Rand ihrer Brille hinweg begegneten sich ihre Blicke. Sie verzog keine Miene. Es war schwer zu erahnen, was in ihr vorging.

Elouise Adams hatte ihre Augen ängstlich auf das Glas gerichtet. Ihr Arm zitterte ganz leicht und ihr Atem ging flach und schnell. Justus spürte den Stich des schlechten Gewissens in der Brust. Arme Mrs Adams. Ihr ging diese Geschichte wirklich nahe, und die drei ??? hatten nichts Besseres zu tun, als ihr mit dieser Gruselshow Angst einzujagen. Doch als Justus den Gedanken weiterverfolgte, ging ihm auf, dass Mrs Adams heute vielleicht ein für alle Mal von ihrem Geisterglauben geheilt wurde. Wenn sich das Glas nicht bewegte und damit der Beweis erbracht war, dass es in diesem Haus nicht spukte, würde sie in Zukunft ruhiger schlafen können. Dafür waren zehn Minuten Angst kein zu hoher Preis. Und das Glas *würde* sich nicht bewegen. Wie sollte es auch?

»Geist, bist du da?«, wiederholte Tante Mathilda und blinzelte kurz auf das Zifferblatt der Standuhr.

Nichts rührte sich. Langsam wurde Justus' Arm lahm. Vier Minuten waren vergangen. Warum hatte Tante Mathilda nur von zehn Minuten gesprochen? Wahrscheinlich hätten die drei Damen des Hauses Verdacht geschöpft, wenn die Show schon jetzt vorbei gewesen wäre, okay. Aber Justus war nicht sicher, ob ihm nicht vorher der Arm abfallen würde.

Draußen peitschte der Regen gegen die Scheiben. Das Unwetter war in vollem Gange.

Fünf Minuten.

»Geist, antworte uns!«, raunte Tante Mathilda inbrünstig. Es blitzte und donnerte und der Wind pfiff um die Mauern.

Und dann bewegte sich das Glas.

Justus riss die Augen auf und starrte in die Mitte des Tisches.

Erst erzitterte der Stiel nur leicht, doch dann glitt das Glas wie von selbst langsam über das Ouija-Brett und zog Justus' Finger mit sich. Es schlug zielstrebig eine Richtung ein und verharrte wenige Sekunden später exakt an seinem Ziel: dem eingravierten »Ja«!

Justus blieb vor Verblüffung der Mund offen stehen. Er starrte auf das Brett und dann in die Runde. Mrs O'Donnell und Mrs Jones, Peter und Bob, sie alle waren wie zur Salzsäule erstarrt. Ein einziger Blick in ihre Augen verriet, dass sich hier niemand einen Scherz erlaubte.

Am schlimmsten traf es jedoch Tante Mathilda und Elouise Adams. Mrs Adams griff sich mit der linken Hand an die Brust, während die Rechte so stark zitterte, dass das Glas ohne die anderen bestimmt umgefallen wäre. Aus ihrem Gesicht war jede Farbe gewichen.

In Tante Mathildas Augen spiegelten sich Hilflosigkeit und Verzweiflung. Was sollte sie jetzt tun? War die Vorstellung damit beendet? Oder sollte sie ihre Rolle weiterspielen? Justus warf ihr einen warnenden Blick zu.

Tante Mathilda schluckte schwer und fuhr mit krächzender Stimme, der jede Mystik fehlte, fort: »Geist, wir… wir sind… erfreut, dass du… äh… dass du da bist. Wir danken dir. Kannst du… kannst du uns deinen Namen verraten?« Sie sah Justus fragend an. Der Erste Detektiv nickte. Etwas Besseres wäre ihm auf die Schnelle auch nicht eingefallen.

Alle Augen richteten sich wieder auf das Weinglas. Für einen Moment sah es so aus, als würde es sich kein zweites Mal in Bewegung setzen. Doch dann zitterte es wieder und rutschte in einer ruhigen Bewegung zu einem der Buchstaben. Dort verharrte es einige Sekunden, bevor es seinen Weg zum nächsten Buchstaben fortsetzte. So ging es viermal kreuz und quer über das ganze Brett, gebannt von allen Anwesenden verfolgt, die im Geiste mitbuchstabierten. D – O – R – A.

Ein erschrockenes Raunen ging durch den Raum. Elouise Adams stieß sogar einen kleinen Schrei aus. Mit ihrer freien Hand wedelte sie vor ihrem Gesicht, als mangelte es ihr an Frischluft. Ihre Augen waren angstgeweitet.

»Geist«, fuhr Tante Mathilda mit zitternder Stimme fort, »Dora, sprich zu uns!«

Wieder dauerte es einige Sekunden und wieder glitt das Glas über den Tisch, zielsicher von Buchstabe zu Buchstabe. Mrs Adams' Atem ging immer schneller, während alle gebannt die Botschaft mitlasen:

J – E – M – A – N – D – H – A – T

Noch während das Glas auf dem Buchstaben »T« verharrte, rutschte Mrs Adams' Finger herunter. Ihre Augenlider flatterten und sie schnappte nach Luft. »Mir ist so … mir ist so …«

»Mrs Adams!« Bob, der neben ihr saß, fing sie gerade noch rechtzeitig auf.

»Um Himmels willen!«, rief Mrs O'Donnell und war sofort an ihrer Seite. »Sie ist ohnmächtig geworden!«

»Nein«, hauchte Mrs Adams. »Nein, mir ist nur so ... schwindelig. Ich muss ...«

»Aufs Sofa mit ihr!«, rief Dr. Jones und sprang von ihrem Stuhl.

Innerhalb von Sekunden herrschte ein heilloses Durcheinander. Mit vereinten Kräften wurde die beleibte Mrs Adams auf die Couch getragen. Mrs O'Donnell fächelte ihr mit einem Taschentuch Luft zu, Dr. Jones fühlte ihren Puls, während Mrs Adams leise stöhnte – und Tante Mathilda starrte noch immer fassungslos auf das Holzbrett, auf dem das umgekippte Weinglas lag, so regungslos, als wäre nichts geschehen.

Die drei Detektive standen ratlos neben dem Tisch, unschlüssig, was zu tun war. Morton trat auf sie zu und beugte sich verschwörerisch vor. »Es gibt da etwas, woran die drei Detektive bestimmt interessiert sind.«

»Was denn, Morton?«, fragte Peter, dem der Schrecken noch in den Gliedern steckte.

»Seht nicht zum Fenster! Wir werden beobachtet.«

Justus horchte auf und zwang sich, sich nicht umzudrehen. »Wie bitte?«

»Ein Mann steht draußen im Garten und späht in den Raum. Ich habe ihn gesehen, als es blitzte.«

»Wie lange schon?«

»Seit Beginn der Séance.«

Justus brauchte nur Sekunden, um einen Plan zu entwickeln. »Wir schnappen ihn uns! Du nimmst die Vordertür, Peter, ich die Hintertür. Wir kommen von beiden Seiten. Du bleibst hier, Bob. Wenn der Kerl zu fliehen versucht, kletterst du durch das Fenster nach draußen. Morton, wären Sie bereit, uns zu helfen?«

»Selbstverständlich.«

»Gehen Sie mit Peter nach draußen und steigen Sie in den Rolls-Royce! Falls es dem Kerl gelingt, bis zur Straße zu laufen, verfolgen Sie ihn!«

»Wie die Herrschaften wünschen!«

»Okay, und nun ganz langsam und unauffällig! Er darf keinen Verdacht schöpfen!« Justus drehte sich zu Mrs O'Donnell um: »Ich werde ein Glas Wasser für Mrs Adams holen!«

»Und ich... äh... eine Decke!«, fügte Peter hinzu, und schon hatten sie den Salon verlassen.

In Mortons Begleitung schlich der Zweite Detektiv zur Eingangstür und öffnete sie lautlos. Eiskalter Regen schlug ihm entgegen und stach wie winzige Nadeln in sein Gesicht. Er kniff die Augen zusammen, warf dem Chauffeur einen aufmunternden Blick zu und huschte hinaus in den Garten. Es war so dunkel, dass er kaum die Hand vor Augen sah. Der dichte Regen tat sein Übriges. Um ihn herum waren nur dunkle Schemen zu erkennen – Bäume, Büsche, Rosenstöcke. Der Boden unter seinen Füßen war aufgeweicht und jede seiner Fußspuren füllte sich augenblicklich mit Wasser. Halb blind stolperte Peter vorwärts, bis er die Hausecke erreichte. Er drückte sich an die Wand und riskierte einen Blick.

Unterhalb des Fensters zum Salon stand eine schwarz glänzende Gestalt! Sie reckte sich auf Zehenspitzen bis zum Fenstersims und spähte in den Raum hinein.

War Justus schon auf der anderen Seite des Hauses angekommen? Peter konnte in der Dunkelheit beim besten Willen nichts erkennen. Besser, er gab ihm noch einen Moment Zeit.

Der Zweite Detektiv wartete. Schon bald hatte der Regen ihn bis auf die Haut durchnässt. Das Wasser lief ihm aus den Haaren in den Nacken und rann eiskalt seinen Rücken herunter.

Ein Blitz zerriss die Dunkelheit. Da! In dem kurzen Moment erblickte Peter den Ersten Detektiv, wie er sich auf die dunkle Gestalt zubewegte. Doch nicht nur Peter, auch der Fremde hatte Justus gesehen. Er ließ vom Fenster ab und wirbelte herum. Er wollte fliehen!

Peter spurtete los. Der Kerl würde ihnen nicht entkommen!

Plötzlich wurde das Fenster aufgerissen und Bobs Silhouette erschien im erleuchteten Rahmen. Der dritte Detektiv sondierte die Lage – und sprang hinaus in den dunklen Garten.

Peter hörte einen dumpfen Laut, jemand fluchte. Ein Knäuel aus schwarzen Leibern wälzte sich über den nassen Rasen.

»Jetzt lass doch endlich los, Bob!«, rief Justus.

»Ach, du bist das! Ich dachte …«

»Peter! Der Kerl haut ab! Hinterher!«

Doch Peter sah nichts. Justus und Bob lagen am Boden, aber der Fremde …? Er war wie vom Erdboden verschluckt.

»Ich glaube, er ist hinter der Hecke verschwunden!«, rief Justus und rappelte sich auf.

Aber die Hecke, die Dora Mastrantonios Haus vom

Nachbargrundstück trennte, war so hoch und dicht, dass es unmöglich war, sich hindurchzuquetschen.

»Vielleicht ist er zur Straße gelaufen«, keuchte Bob.

»Blödsinn«, widersprach der Zweite Detektiv. »Dann hätte er ja an mir vorbeikommen müssen.«

Dennoch versuchten die drei Detektive ihr Glück und rannten durch den Garten nach vorn. Die Straße war dunkel und verlassen, über dem Asphalt leuchtete ein Schleier aus zerstäubtem Regen, unter den Gullydeckeln gurgelte es. Der Rolls-Royce stand unbewegt an seinem Platz. Die Fahrertür wurde geöffnet und Morton stieg aus. »Braucht ihr Hilfe?«

»Der Kerl ist uns entwischt! Haben Sie ihn gesehen, Morton?«

»Nein. Auf der Straße ist keine Menschenseele aufgetaucht.«

»Verflucht!«

»Aber wie ist das möglich, Just?«, fragte Peter. »Er kann sich doch nicht in Luft aufgelöst haben!«

Justus starrte zerknirscht in den Regen hinaus. »Hat er aber.«

Die Sache stinkt

Als die drei ??? und Morton ins Haus zurückkehrten, hatte sich Mrs Adams ein wenig beruhigt.

»Wie seht ihr denn aus?«, rief Tante Mathilda halb erschrocken, halb empört und vergaß für einen Moment ihre Rolle als Medium.

Justus blickte an sich hinunter. Bob und er waren nicht nur durchnässt, sondern durch ihren Sturz auf den nassen Rasen auch vollkommen verdreckt.

»Verzeihen Sie«, wandte sich der Erste Detektiv an alle Anwesenden, »aber wir haben jemanden am Fenster gesehen und versucht, ihn zu schnappen. Leider ist er uns entwischt.«

»Ihr habt jemanden gesehen?«, wiederholte Mrs Adams mit zitternder Stimme. »Etwa Doras Geist?« Sie riss die Augen auf, und für einen Moment sah es so aus, als würde sie doch noch in Ohnmacht fallen.

»Nein, keinen Geist«, sagte Justus bestimmt. »Es war ein Mann im schwarzen Regenmantel, so viel konnte ich erkennen. Er hat alles beobachtet, was in den letzten zehn Minuten im Salon geschehen ist.«

Doch Mrs Adams schien gar nicht zuzuhören. »Doras Geist!«, sagte sie noch einmal. »Ich hatte recht. Sie ist hier. Hier, in diesem Haus. Und ihr wolltet mir nicht glauben!« Sie stemmte sich hoch und setzte sich aufrecht hin. Vorwurfsvoll blickte sie ihre Freundinnen an. Mrs O'Donnell und Dr. Jones senkten schuldbewusst die Köpfe.

»Es tut uns leid, Elouise«, sagte Mrs O'Donnell. »Ich hatte ja keine Ahnung. Wirklich, ich dachte, du bildest dir da was ein. Aber jetzt ...« Sie wandte sich an Tante Mathilda. »Ich muss mich bei Ihnen entschuldigen. Ich habe es Sie nicht merken lassen, aber ich hatte anfangs nicht an Ihre Fähigkeiten geglaubt. Doch nun haben Sie mir die Augen geöffnet. Ich danke Ihnen!«

»Ich ... äh ... nun ja ...«

»Nicht so voreilig!«, erhob Justus das Wort. »Wollen Sie nun ernsthaft behaupten, dass es in diesem Haus spukt?«

»Nun ja, ich ...«, begann Mrs O'Donnell. »Immerhin hat sich der Geist gemeldet und –«

»Wir haben es doch alle gesehen!«, ereiferte sich Mrs Adams. »Ich habe Dora sogar *gespürt*! Es war, als würde sie direkt neben mir stehen! Wie kannst du da noch zweifeln, Justus?«

Der Erste Detektiv war in die Ecke gedrängt. Natürlich konnte er die Wahrheit sagen – dass Tante Mathilda kein Medium und alles nur ein Scherz war. Aber das würde ein düsteres Licht auf ihr Detektivunternehmen werfen. Er war in seine eigene Falle getappt. Also versuchte er es mit einem anderen Argument: »Was ist mit dem Mann, der am Fenster stand?«

»Was soll mit ihm sein?«

»Finden Sie es nicht eigenartig, dass er unsere Séance die ganze Zeit beobachtet hat? Oder ist es in dieser Gegend normal, dass nachts Fremde am Fenster stehen? Wer war der Mann? Was wollte er? Wäre es nicht möglich, dass er etwas mit dem Spuk zu tun hat?«

»Ich habe keine Ahnung, wer er war oder was er wollte«, gestand Mrs Adams. »Aber wie sollte er etwas mit Doras Geist zu tun haben? Das ist doch Unsinn, Justus! Fragen wir doch Mathilda. Sie ist schließlich das Medium. Sie haben Doras Anwesenheit auch gespürt, nicht wahr?«

»Ich ...« Tante Mathilda warf Justus einen hilflosen Blick zu. »Also, ich ... weiß nicht, wie ich es sagen soll. Es war... nun ja...« Ihr Gesicht lief ganz langsam rot an. »Es war eine außergewöhnliche Erfahrung, denn... denn... denn...«

»Denn Sie können sich gar nicht mehr richtig erinnern, nicht wahr?«, kam Morton zu Hilfe. »Ist es nicht so, dass das Medium bei einer spiritistischen Sitzung in einen Trancezustand fällt und danach kaum noch weiß, was tatsächlich geschehen ist?«

»Ja!«, rief Tante Mathilda eine Spur zu laut. »Ja, genauso war es! Aber das ist völlig normal, wissen Sie. Man sieht es mir zwar nicht an, aber ich bin dann immer völlig weggetreten. Ich rufe einen Geist und merke es gar nicht, haha. Passiert mir ständig. Verrückt, nicht wahr? Und wissen Sie was? Es waren zwar nur ein paar Minuten, aber... Ich musste mich so konzentrieren, dass ich jetzt völlig erschöpft bin. Ich brauche wirklich dringend Ruhe. Daher würde ich jetzt gern nach Hause gefahren werden. Morton, wären Sie so nett?«

»Selbstverständlich, die Dame.«

»Sie wollen schon gehen?«, fragte Dr. Jones. »Aber die Séance wurde doch mittendrin unterbrochen! Ich dachte, wir versuchen es gleich noch einmal.«

»Ausgeschlossen!«, sagte Tante Mathilda schnell. »Das ist viel zu anstrengend für mich.«

»Nun, dann vielleicht morgen?«

Tante Mathilda zwang sich zu einem Lächeln. »Es tut mir wirklich leid, aber ich habe in der nächsten Zeit viele Termine und kann noch überhaupt nicht abschätzen, wann ich das nächste Mal... Sie verstehen. Ich muss mich jetzt ausruhen. Gute Nacht!« Tante

Mathilda klappte das Ouija-Brett zusammen und legte es zurück in ihren Koffer. »Was ist mit euch dreien? Begleitet ihr mich?«

»Einen Augenblick noch.«

»Schön. Ich werde im Wagen warten.«

Morton deutete zum Abschied eine Verbeugung an, dann führte er Tante Mathilda nach draußen.

Nun saßen die drei Damen des Hauses auf dem roten Samtsofa, die drei ??? standen ihnen tropfend gegenüber.

»Tja«, begann Mrs O'Donnell mit einem Lächeln. »Ich gebe zu, der Abend verlief anders als erwartet, aber nun haben wir wenigstens Gewissheit.«

»Was werden Sie nun tun?«, fragte Peter. »Trotzdem hier einziehen?«

»Auf gar keinen Fall!«, rief Mrs Adams schnell. »Jetzt erst recht nicht!«

»Wir werden noch darüber sprechen«, antwortete Dr. Jones ruhig, als hätte sie ihre Freundin gar nicht gehört.

Justus räusperte sich. »Auch für uns verlief der Abend anders als erwartet. Ich gestehe, dass die überraschenden Ereignisse meine Neugier geweckt haben. Ich würde gern über die Vorkommnisse nachdenken und mich noch einmal bei Ihnen melden, wenn es Ihnen recht ist.«

Mrs Adams und Dr. Jones tauschten misstrauische Blicke aus, doch Mrs O'Donnell war sofort begeistert. »Aber natürlich! Ihr seid jederzeit willkommen!«

»Vielen Dank.«

Die drei Detektive verabschiedeten sich und verließen die Mastrantonio-Villa. Der Regen hatte nachgelassen, das Gewitter war weitergezogen. Nur noch vereinzeltes Wetterleuchten erhellte den wolkenverhangenen Nachthimmel. Die drei ??? stiegen in den Rolls-Royce, dessen Rückbank Morton bereits vorsorglich mit Plastikfolie ausgelegt hatte, um die wertvollen Polster zu schonen.

»Fahren Sie uns nach Hause, Morton«, sagte Justus erschöpft.

»Sehr wohl, die Herrschaften.«

»Sie haben übrigens großartig reagiert, als Tante Mathilda in die Enge getrieben wurde.«

»Danke sehr. Ich hatte einen guten Lehrmeister.« Morton warf ihm durch den Rückspiegel einen verschmitzten Blick zu.

Eine Weile fuhren sie schweigend, dann platzte es aus Tante Mathilda heraus: »Ich hatte ja keine Ahnung! Ich habe wirklich einen Geist gerufen! Ist das nicht unglaublich? Titus wird denken, ich spinne!«

»Tante Mathilda.«

»Ja?«

»Du hast keinen Geist gerufen.«

»Habe ich nicht?«

»Nein!«

»Aber das Glas … wir haben doch alle gesehen, dass es sich bewegt hat.«

»Ich weiß, dass es sich bewegt hat«, antwortete Justus gereizt. »Aber das heißt noch lange nicht, dass wir es mit einem Gespenst zu tun hatten.«

»Nein?«, fragte nun Peter. »Ich hatte eigentlich gedacht …«

»Peter!«, sagte Justus vorwurfsvoll. »Es gibt keine Gespenster, schon vergessen?«

»Na ja, schon, aber ... was soll es denn sonst gewesen sein?«

»Ich habe keine Ahnung. Aber wenn ich auf mein Gefühl höre, weiß ich eines hundertprozentig: Die Sache stinkt. Vor einer Stunde dachte ich noch, die ganze Geschichte hätte überhaupt nichts mit Detektivarbeit zu tun. Aber jetzt bin ich mir sicher, dass die drei ??? einen neuen Fall haben!«

Die Macht des Unterbewusstseins

Als Bob Andrews am nächsten Tag die Zentrale betrat, trug er eine Mappe unter dem Arm, aus der ein Papierstapel hervorquoll. Nach der Schule war er in der Bibliothek gewesen, wie Justus es ihm aufgetragen hatte, und hatte recherchiert. Eine Menge recherchiert, wie Peter und Justus sahen, als er die Mappe mit den Notizen und Kopien auf den Tisch knallte.

»Wir haben alles falsch gemacht.«

»Wie bitte?«, fragte Peter.

»Gestern. Bei der Séance. Eigentlich hätte es überhaupt nicht funktionieren dürfen, weil wir so ziemlich jede goldene Regel für spiritistische Sitzungen missachtet haben.«

Justus setzte sich gerade und rieb sich aufgeregt die Hände. »Leg los, Bob, ich bin gespannt!«

»Also, zunächst einmal benutzt man für ein Ouija-

Brett eigentlich gar kein Glas, sondern eine kleine Holzplakette.«

»Die war in der Packung, die ich in den alten Trödelkisten gefunden habe, aber nicht dabei«, verteidigte sich Justus.

Bob winkte ab. »Egal. Das ist ja nicht so dramatisch. Punkt zwei ist schon entscheidender: Man braucht fürs Gläserrücken überhaupt kein Medium. Im Gegenteil, die Gruppe der teilnehmenden Personen ist entscheidend.«

»Den Geist hat es offenbar nicht gestört«, bemerkte Peter.

»Hätte es aber sollen. Wichtig ist nämlich vor allem, dass sich unter den Anwesenden niemand befindet, der am Sinn der ganzen Sitzung zweifelt. Und wenn ihr mich fragt, waren es gestern sechs von sieben Personen, die nicht an die Sache glauben?«

Justus nickte bedächtig. »Da hast du allerdings recht. Was noch?«

»Kleinigkeiten«, antwortete Bob und blätterte in seinen Unterlagen. »Zum Beispiel hätte niemand den Blickkontakt zum Glas abbrechen dürfen, um einen Erfolg zu gewährleisten.«

»Aber das alles hat Doras Geist nicht interessiert«, sagte Peter zögernd. »Ich meine, das Glas hat sich bewegt, oder? Wie erklärt ihr euch das?«

»Ganz einfach: Einer der Anwesenden muss die Bewegung des Glases mit dem Finger herbeigeführt haben«, sagte Justus.

»Klar«, meinte Peter. »So schlau war ich auch schon. Aber das macht doch keinen Sinn! Wir drei waren es nicht und deine Tante sicherlich auch nicht. Mrs O'Donnell und Dr. Jones können es ebenfalls nicht gewesen sein, denn schließlich wollten sie beweisen, dass es *nicht* spukt. Und Mrs Adams hatte viel zu viel Angst vor dem Geist. Ihr wäre es sicherlich auch lieber gewesen, wenn Doras Geist sich nicht gemeldet hätte. Folglich bleibt wirklich nur der Geist selbst, der das Glas bewegt haben kann. Oder habe ich irgendwas nicht mitbekommen?«

»Nun ja«, begann Bob. »Ich habe mir einiges Wissen über spiritistische Sitzungen angelesen. Die Sache ist komplizierter, als man zunächst denkt.«

»Inwiefern, Bob?«

»Viele Leute glauben, dass bei einer Séance tatsächlich der Geist selbst das Glas bewegt. Skeptiker hingegen behaupten, das Glas werde durch unbewusste Muskelzuckungen der Teilnehmer bewegt. Das wird umso wahrscheinlicher, je länger die Sitzung dauert. Irgendwann wird nämlich der Arm lahm und kann sich schon mal von allein bewegen, ohne dass man es richtig mitbekommt. Durch die Tatsache, dass mehrere Menschen beteiligt sind, wirken verschiedene Kräfte aus verschiedenen Richtungen auf das Glas – und die Summe dieser Kräfte schiebt es dann halt über den Tisch.«

Der Zweite Detektiv runzelte die Stirn. »Aber wenn das alles nur Zufall wäre, dann kämen doch niemals Antworten dabei heraus, die einen Sinn ergeben!«

»Doch. Weil in dem Moment, da sich das Glas in Bewegung setzt, das Unterbewusstsein der Teilnehmer ins Spiel kommt. Von der Bewegung selbst ist zunächst jeder überrascht. Doch schon eine Sekunde später hat jeder eine Vorstellung davon, was der Geist antworten könnte. Unbewusst wird diese Vorstellung dann in eine Bewegung des Armes umgesetzt – und schon antwortet der Geist genau das, was man erwartet. In unserem Fall war das logischerweise ›Dora‹. Das Interessante daran ist, dass sogar Geistergläubige diese Theorie unterstützen. Sie geben zu, dass es ihre eigenen Armbewegungen sind, die das Glas über das Brett rutschen lassen. Allerdings glauben sie nicht daran, dass das eigene Unterbewusstsein die Führung übernimmt, sondern der Geist des Verstorbenen, der in die Körper der Anwesenden fährt und diese bis zu einem gewissen Grad kontrolliert. Und das lässt sich natürlich schwer beweisen oder widerlegen.«

Justus seufzte und ließ sich in seinem Stuhl zurückfallen. »Das war hervorragende Arbeit, Bob! Die neuen Informationen bringen ein wenig Licht ins Dunkel.«

»Tatsächlich?«, fragte Peter zweifelnd. »Für mich nicht.«

»Doch, Peter. Im Prinzip gibt es nun drei Möglichkeiten, die die Geschehnisse von gestern Abend erklären: Erstens, einer der Anwesenden spielt aus bisher noch unbekannten Gründen ein falsches Spiel und hat das Glas mit voller Absicht in die richtige Richtung gelenkt. Zweitens, das Glas wurde von einem der Anwesenden bewegt, allerdings unbeabsichtigt. Dafür käme vor allem Mrs Adams infrage, deren Geisterglaube so ausgeprägt ist, dass ihr Unterbewusstsein die Kontrolle über ihren Körper übernommen haben könnte, und ihre größte Angst wahr werden ließ. Drittens, keiner der Anwesenden war für die Bewegung des Glases verantwortlich, sondern es steckt irgendein Trick dahinter, den wir noch nicht durchschaut haben. In diesem Fall möchte ich die Vermutung äußern, dass der Unbekannte am Fenster eine größere Rolle spielt.«

»Na, dann ist ja alles ganz einfach«, sagte Peter spöttisch.

Justus überging die Spitze. »Nein, ist es nicht. Wir haben eine Menge zu tun, um diese Theorien zu überprüfen. Aber das ist nichts, was wir nicht schaffen könnten.«

»Was schlägst du vor?«, fragte Bob.

»Die logische Vorgehensweise ist, den Versuch von gestern zu wiederholen. Diesmal allerdings mit den nötigen Vorsichtsmaßnahmen.«

»Noch eine Séance?«, fragte Peter und versuchte, sich sein unbehagliches Gefühl nicht anmerken zu lassen. »Ich weiß, du willst davon nichts hören, Just, aber wäre es nicht möglich, dass es wirklich Doras Geist war, der zu uns gesprochen hat? Sollten wir dann nicht lieber die Finger davon lassen?«

Der Erste Detektiv verdrehte die Augen. »Erstens, Peter, war es nicht Doras Geist. Und zweitens, wenn er es doch war – interessiert es dich denn nicht, was er zu sagen hat?«

»Um ehrlich zu sein –«

Das Klingeln des Telefons unterbrach ihn. Justus schaltete den Verstärker ein und ging dran.

»Justus Jonas von den drei Detektiven.«

»Hallo, Justus, hier spricht Bernadette O'Donnell.

Gut, dass ich dich erreiche. Weißt du, Cecilia und ich haben noch mal über gestern Abend nachgedacht.«

»Wir auch.«

»Ach, tatsächlich?«

»Ja. Und uns fiel auf, dass noch eine ganze Menge Fragen offen sind.«

»Na, so etwas! Zu dem gleichen Schluss sind wir auch gekommen! Vor allem eine Frage: Dora hat zu uns gesprochen. Sie wollte uns etwas mitteilen, erinnerst du dich? Sie begann mit den Worten ›Jemand hat‹. Dann fiel Elouise in Ohnmacht. Wir fragen uns, wie die Nachricht weitergegangen wäre. Und deshalb dachten wir … nun ja … wir würden die Sitzung gerne wiederholen. Heute.«

Justus war überrascht. Er hatte eher damit gerechnet, die Bewohnerinnen der Mastrantonio-Villa zu einem zweiten Treffen überreden zu müssen, nicht dass sie von selbst darauf kämen. Er warf Bob und Peter einen fragenden Blick zu. Bob nickte zustimmend. Peter schüttelte zögerlich den Kopf.

»Wir sind dabei«, sagte Justus gut gelaunt.

»Das hatte ich gehofft!«, rief Mrs O'Donnell erleichtert. »Und ich dachte, da ihr einen so guten Draht zu Mathilda habt, könnt ihr sie vielleicht überreden, ob sie nicht doch … du weißt schon.«

»Sie wird nicht kommen«, antwortete Justus. »Aber das wird auch nicht nötig sein. Ich erkläre es Ihnen heute Abend.« Justus ließ ihr keine Chance nachzuhaken. »Wir kommen wie gewohnt nach Sonnenuntergang. Bis dann!«

»Danke«, sagte Peter, nachdem Justus aufgelegt hatte. »Danke, dass meine Meinung hier überhaupt nicht mehr gefragt ist.«

»Du wurdest überstimmt«, erwiderte Justus knapp.

»Und meinst du, dass wir heute Abend mehr erfahren?«, fragte Bob. »Dass es anders wird als gestern? Dass es überhaupt funktioniert?«

»Es wird funktionieren«, war Justus überzeugt. »Denn diesmal sind wir vorbereitet.«

Die Botschaft aus dem Jenseits

Als Justus unterhalb des Salonfensters der Mastrantonio-Villa im Rosenbeet herumkroch, war es bereits so dunkel, dass Bob und Peter kaum erkannten, was der Erste Detektiv da zu ihren Füßen tat. Sie wussten nur eines: Dies waren die Vorbereitungen, von denen Justus gesprochen hatte.

»Was treibst du denn da?«, flüsterte Peter, denn die Damen des Hauses hatten keine Ahnung von diesem Unternehmen. Schließlich hockte er sich neben Justus. Der Erste Detektiv hatte ein weißes Pulver auf das Beet geschüttet und bedeckte es nun mit einer hauchdünnen Erdschicht.

»Ich stelle eine Falle. Wenn der Unbekannte heute wiederkommt und uns ein zweites Mal entwischen sollte, dann werden wir ihn anhand seiner weißen Fußspuren hervorragend verfolgen können«, erklärte Justus. »Und damit er es nicht merkt, streue ich etwas Erde über das Mehl.«

»Mehl?«, fragte Bob.

»Es muss ja nicht immer Hightechausrüstung sein, oder?«

»Dann hoffen wir mal, dass der Plan funktioniert«, sagte Bob.

»Mir wäre es am liebsten, der Typ würde gar nicht erst auftauchen«, widersprach Peter. »Ich fand es gestern schon gruselig genug, von dieser schwarzen Gestalt beobachtet zu werden.«

Plötzlich sprach eine schrille Frauenstimme hinter ihnen: »He! Was habt ihr hier zu suchen?«

Peter wirbelte herum. Hinter ihm ragte in der Dunkelheit die dichte Hecke zum Nachbargrundstück auf. Die Frau, die gesprochen hatte, stand anscheinend auf der anderen Seite. Sehen konnte er sie nicht. »M… Meinen Sie uns?«

»Natürlich meine ich euch!«, keifte sie. »Verschwindet da oder ich rufe die Polizei!«

»Na, hören Sie mal!«, empörte sich Bob. »Wer sind Sie überhaupt?«

»Mrs Willow. Ich wohne hier. Und ich weiß genau, dass ihr im Garten von Mrs Mastrantonio nichts zu suchen habt! Ihr zertrampelt ihre schönen Rosen! Haut ab!«

»Ihnen scheint nicht bewusst zu sein, dass das nicht mehr der Garten von Mrs Mastrantonio ist«, schnauzte Bob zurück. »Das Haus gehört jetzt Mrs Adams.«

»Natürlich weiß ich das. Aber willst du mir weismachen, du seist Mrs Adams?«

»Wir haben einen Termin bei ihr«, sagte Justus so ruhig wie möglich.

»In ihrem Blumenbeet? Pah! Wenn ihr nicht gleich verschwunden seid, dann holt mein Mann die Schrotflinte!«

»Sagen Sie mal, sind Sie noch ganz bei Trost?«, fauchte Bob.

Justus legte ihm beruhigend die Hand auf die Schulter. »Vergiss es, Bob. Es gibt solche Leute. Da kann man nichts machen. Gehen wir zur Haustür.«

Die drei ??? umrundeten das Haus und das Gekeife der Nachbarin wurde leiser.

Diesmal war es Cecilia Jones, die ihnen öffnete und sie in den Salon führte. Justus betrachtete sie aufmerksam. Sie trug ihr Haar nun offen und wirkte gleich einige Jahre jünger. Die Strenge war aus ihrem Gesicht verschwunden. Nach ihrer kühlen, zurückhaltenden Art am Tag zuvor wirkte sie heute viel offener. »Danke, dass ihr gekommen seid«, sagte sie warmherzig, als die drei ??? den Salon betraten. Mrs O'Donnell und Elouise Adams waren nicht da. »Schade nur, dass Mathilda, das Medium, nicht bei uns sein kann. Meint ihr, Doras Geist wird uns ohne ihre Hilfe überhaupt antworten?«

»Wir werden sehen«, antwortete Justus. »Sagen Sie, Mrs Jones, Sie wirken heute so verändert. Waren Sie nicht gestern die Skeptischste von allen?«

Sie lachte. »Das war ich gewiss. Aber bis zu dem Zeitpunkt hatte ja auch noch kein Geist zu mir gesprochen. Kontakt zu meiner lieben Freundin Dora aufzunehmen, das war… einfach überwältigend. Wenn ich geahnt hätte, dass Elouise die ganze Zeit recht hatte, wäre ich bestimmt nicht so garstig zu ihr gewesen.«

Die drei Detektive tauschten vielsagende Blicke aus. Jetzt war sogar Dr. Jones vom Geisterglauben besessen. Das konnte ja heiter werden.

Während die drei ??? auf die beiden anderen Damen warteten, schritt Dr. Jones mit einem langen Kaminstreichholz durch den Salon und zündete alle Kerzen an. »Wisst ihr, wir haben letzte Nacht noch sehr lange über die Vorfälle gesprochen. Und Elouise hat mich überzeugt. Dora ist hier, ihre Seele lebt noch immer in diesem Haus. Und sie hat eine Botschaft für uns. Wir müssen einfach herausfinden, was sie uns mitteilen will.«

Ehe einer der drei etwas erwidern konnte, betraten Mrs Adams und Mrs O'Donnell den Raum. Bob erschrak, als er Mrs Adams sah. Sie wirkte um zehn Jahre gealtert. Ihr Gesicht war grau und eingefallen und in ihrem glasigen Blick funkelte etwas Unstetes, Gehetztes. Sie war so schwach, dass Mrs O'Donnell sie stützen musste, und sah aus, als hätte sie die letzte Nacht keine Sekunde geschlafen.

»Der armen Elouise geht es heute nicht gut«, sagte Bernadette, als sie Bobs verstörtes Gesicht bemerkte. »Das alles hat sie gestern ziemlich mitgenommen.«

»Nun, wir können die Sitzung verschieben«, sagte Bob schnell. Ihm tat die alte Dame leid.

»Nein, nein, je schneller wir erfahren, was Dora uns sagen möchte, desto schneller wird der Spuk vorüber sein, da bin ich ganz sicher«, meinte Mrs O'Donnell. »Komm, setz dich, meine Liebe.«

Mrs Adams wankte zum runden Tisch hinüber und nahm Platz. Bob brach es fast das Herz, wie sie ängstlich auf die Mitte des Tisches starrte, obwohl das Ouija-Brett noch gar nicht aufgebaut war. Ohne dass sie es wusste, hatte Mrs Adams ihren Zustand zum Teil ihnen, den drei ???, zu verdanken.

Bob räusperte sich. »Ich glaube, ich habe vergessen, mein Rad abzuschließen. Justus, wenn ich mich recht erinnere, hast du auch nicht dran gedacht.«

»Das Fahrrad?«, fragte Justus irritiert. »Doch, ich glaube, ich habe –«

»Keine Sorge, in dieser Gegend wird nichts gestohlen«, sagte Mrs O'Donnell.

»Ich möchte nur sichergehen«, beharrte Bob. »Komm, Just.«

»Aber ich –«

»Komm mit!«, sagte der dritte Detektiv so nachdrücklich, dass Justus aufstand und ihm nach draußen folgte.

»Was ist denn mit dir los, Bob?«, raunte Justus, als sie das Haus verlassen hatten.

»Ich wollte mit dir unter vier Augen sprechen. Es geht um Mrs Adams. Die Ärmste ist völlig fertig. Noch so einen Schock wie gestern Abend steht sie nicht durch. Wir sollten die Aktion abbrechen.«

Der Erste Detektiv schüttelte den Kopf. »Dann kommen wir nie hinter das Geheimnis.«

»Aber sieh sie dir doch an!«

»Bob«, sagte Justus ruhig. »Dein Mitgefühl für Mrs Adams ehrt dich. Aber wenn wir die Séance nicht durchziehen, machen die drei Damen es am Ende noch allein, und damit wäre überhaupt nichts gewonnen.«

Bob seufzte. Es passte ihm nicht, aber Justus hatte recht. »Dann sollten wir ihnen wenigstens die Wahrheit über Tante Mathilda sagen.«

»Und uns damit selbst anschwärzen? Kommt nicht infrage. Wir werden die Wahrheit sagen, aber erst, wenn das Rätsel um Doras Geist gelöst ist.«

»Aber … durch unsere Show gestern Abend glaubt Mrs Adams doch erst recht, dass sie es mit einem Geist zu tun hatte!«

»Und? Glaubst du, es würde sie vom Gegenteil überzeugen, wenn sie erführe, dass Tante Mathilda gar kein Medium ist? Nein, Bob: Mrs Adams *will* an einen Geist glauben! Weder logische Argumente noch die Wahrheit über Tante Mathilda werden sie davon abbringen. Was wir brauchen, sind stichhaltige Beweise. Bis dahin werden wir dieses Spiel weiterspielen. In Ordnung?«

Bob rang mit sich. Es widerstrebte ihm zutiefst, die Wahrheit zu verschweigen, während er Mrs Adams leiden sah. Aber Justus hatte die Sache wie gewohnt konsequent zu Ende gedacht – und recht behalten.

»Ganz abgesehen davon machen wir uns durch die Wahrheit nur unglaubwürdig und riskieren, dass Mrs O'Donnell uns den Fall entzieht. Dann können wir Mrs Adams erst recht nicht mehr helfen. Also, wir gehen da jetzt wieder rein und tun so, als wäre nichts gewesen, okay, Bob?«

Bob nickte schweren Herzens und sie kehrten ins Haus zurück.

Inzwischen saßen alle auf ihren Plätzen. Peter hatte das mitgebrachte Ouija-Brett aufgebaut und das Weinglas in die Mitte gestellt. Er ahnte, dass es bei Justus und Bob um etwas anderes als die Fahrräder gegangen war, doch er zügelte seine Neugier und sagte nichts.

»Mathilda verriet mir gestern, dass es auch ohne ihre Unterstützung möglich sei, zum Geist Kontakt aufzunehmen«, sagte Justus, während er seinen Platz am runden Tisch einnahm. »Ich schlage also vor, wir machen alles genauso wie gestern.«

»Ja«, sagte Mrs O'Donnell feierlich. »Hoffentlich kann Dora uns heute ihre Botschaft vollständig übermitteln.« Sie räusperte sich. »Lasst uns beginnen!«

Wie am Vortag legten alle ihre Finger auf den Rand des Glases. Dann übernahm Mrs O'Donnell Tante Mathildas Rolle und sagte voller Hingabe: »Ich bitte um Konzentration! Dora, hörst du uns? Bist du bei uns, Dora?«

Nichts rührte sich. Doch diesmal waren die drei Detektive hochkonzentriert. Nicht auf das Glas oder das Brett oder den Geist, sondern auf alles andere, was sich im Raum tat. Jede Bewegung, jedes Blinzeln und jeder Atemzug der drei Frauen wurden aufmerksam registriert. Justus warf immer wieder einen Blick zum Fenster, um nach dem Fremden Ausschau zu halten. Peter tastete mit dem Fuß ganz langsam den Boden unter dem Tisch ab, auf der Suche nach einem Hinweis, einem versteckten Mechanismus oder irgendetwas anderem. Bob beobachtete genauestens, ob sich in den dunklen Schatten zwischen den Möbeln und in den Ecken des Raumes etwas rührte.

»Antworte uns, Dora!«, wiederholte Mrs O'Donnell inbrünstig. »Bist du da?«

Plötzlich bewegte sich das Glas, erst mit einem Ruck, dann glitt es ruhig zum eingebrannten »Ja«.

Ein Raunen ging durch den Raum.

»Es tut uns leid, dass wir gestern den Kontakt abbrechen mussten«, fuhr Mrs O'Donnell fort. »Was wolltest du uns mitteilen? Wie lautet deine Nachricht?«

Nach und nach rutschte das Glas von Buchstabe zu Buchstabe. Zunächst wiederholte es die Worte vom Vortag: J – E – M – A – N – D – H – A – T

Elouise Adams' Atem wurde so schnell, dass Bob befürchtete, sie würde erneut ohnmächtig werden. Doch dann wurde seine Aufmerksamkeit voll und ganz von dem Rest der Botschaft beansprucht. Sie ließ ihm das Blut in den Adern gefrieren.

M – I – C – H – U – M – G – E – B – R – A – C – H – T

Im Auftrag des Geistes

Die Zeit schien stillzustehen. Sekundenlang rührte sich niemand, keiner wagte zu atmen. Bob hatte sogar den Eindruck, dass sein eigener Herzschlag aussetzte.

Dann kippte Elouise Adams vom Stuhl.

»Mrs Adams!«

In Sekunden war sie umringt von ihren Freundinnen und den drei Detektiven.

»Tragt sie da rüber!«, rief Dr. Jones, und gemeinsam hievten sie Mrs Adams auf das rote Sofa. Dr. Jones stopfte alle verfügbaren Kissen unter ihre Beine. »Fenster auf!«

Peter beeilte sich, Dr. Jones' Befehl Folge zu leisten. Als eine kühle Brise durch den Salon wehte, fühlte die Ärztin Mrs Adams' Puls. Das Gesicht der Frau war kalkweiß. Dr. Jones schüttelte besorgt den Kopf. »Das sieht nicht gut aus. Ihr Puls ist ganz schwach. Bernadette, wir brauchen einen Krankenwagen!«

»Aber Cecilia, meinst du wirklich –«

»Ich bin Ärztin, Bernadette! Ruf einen Krankenwagen!«

Als der Wagen kam, war Mrs Adams wieder bei Bewusstsein, jedoch nicht in der Lage, sich aus eigener Kraft aufzusetzen. Dr. Jones und die Sanitäter waren sich einig, sie zur Beobachtung ins Krankenhaus zu bringen und über Nacht dortzubehalten. Mrs Adams willigte ein – nichts war ihr lieber, als dieses Haus so schnell wie möglich zu verlassen. Mrs O'Donnell hatte beschlossen, sie zu begleiten, und die drei Freundinnen verließen das Haus. So waren die drei Detektive für einige Minuten allein.

»Arme Mrs Adams!«, sagte Bob. »Für einen Moment dachte ich, sie hätte einen Herzinfarkt. Wir hätten ihr vielleicht doch die Wahrheit sagen sollen. Wenn sie gewusst hätte, dass Tante Mathilda kein Medium ist, hätte sie sich vielleicht nicht so aufgeregt.«

»Ach nein?«, sagte Justus. »Aber Tante Mathilda war heute gar nicht hier, falls es dir entgangen sein sollte, und trotzdem war die Séance ein voller Erfolg. Glaub mir, das hätte Mrs Adams kein bisschen beruhigt.«

»Na ja, vielleicht hast du recht.«

»Für *uns* war es auf jeden Fall ein Erfolg«, sagte Peter und grinste siegessicher. »Ich habe nämlich ganz genau auf die Bewegung des Glases geachtet. Und ich weiß jetzt, wer es verschoben hat!«

»Nämlich wer?«, fragte Justus gespannt.

»Dr. Jones«, raunte Peter mit einem Seitenblick zur Tür. »Wenn man genau hinsah, konnte man erkennen, dass das Glas ihrem Arm folgt, und nicht umgekehrt.«

»Tatsächlich?« Justus schien enttäuscht. »Nun, ich habe auch nicht geschlafen. Aber meine Beobachtungen ergaben etwas völlig anderes: Wenn ihr mich fragt, war es ganz klar Mrs O'Donnell!«

Bob sah unsicher von einem zum anderen. Er räusperte sich verlegen. »Ich will euch ja nicht desillusionieren, aber so absurd es klingt: Ich habe Mrs Adams in Verdacht! Ihr Finger hat immer etwas gezogen und geschoben, ich hab's genau gesehen!«

»Das ist nicht dein Ernst!«, sagten Justus und Peter gleichzeitig.

»Doch.«

»Wunderbar. Jeder von uns hat etwas anderes beobachtet.«

»Und du glaubst natürlich, dass nur deine Beobachtung die richtige sein kann«, vermutete Peter.

»Nein. Ich glaube, dass die Ermittlungen in einem solchen Fall komplizierter sind, als ich zunächst angenommen hatte. Sechs Finger auf einem Glas, minimale Kräfte, die in verschiedene Richtungen wirken – das alles führt dazu, dass sich auch bei genauester Beobachtung keine treffsichere Vermutung anstellen lässt.

So kommen wir also nicht weiter. Habt ihr sonst etwas Außergewöhnliches gesehen oder gehört?«

Doch Bob und Peter schüttelten den Kopf.

»Ich leider auch nicht«, sagte Justus frustriert. »Und unser geheimnisvoller Besucher ist kein zweites Mal aufgetaucht. Das heißt, wir stehen wieder am Anfang.«

»Und was tun wir jetzt?«, fragte Peter.

»Wir kümmern uns um das, worum es Doras Geist zu gehen scheint: ihren Tod.«

In diesem Augenblick kam Dr. Jones zurück. »Diese schreckliche Mrs Willow!«

»Meinen Sie die Nachbarin?«, fragte Justus.

»Ja. Sie hat natürlich mitbekommen, dass ein Krankenwagen vor der Tür steht, und gaffte, als ginge es um Leben und Tod. Eine schreckliche Person!« Erschöpft setzte sich Dr. Jones auf das Sofa und ließ die Schultern hängen. Dann sah sie die drei Detektive sorgenvoll an. »Die arme Elouise! Vielleicht hätten wir ihr das alles nicht zumuten sollen.«

»Ja«, sagte Justus. »Vielleicht.«

»Ich muss gestehen, selbst wenn ich nicht so labil bin wie Elouise: Doras Botschaft hat auch mich schockiert. Sie wurde umgebracht! In diesem Haus! Mein Gott! Ich weiß nicht, ob ich heute Nacht ruhig schlafen kann. Vielleicht sollte ich in meine alte Wohnung zurückkehren. Wenigstens so lange, bis die beiden anderen wieder da sind.«

»Sie glauben also an die Botschaft?« Es war eher eine Feststellung als eine Frage.

»Warum sollte ich an Doras Worten zweifeln?«

»Schon gut«, lenkte Justus ein. »Nehmen wir also

an, es war wirklich Dora, die zu uns Kontakt aufgenommen hat. Wer könnte sie ermordet haben? Und warum? Und wie?«

»Woher soll ich das wissen?«

»Hieß es nicht, sie sei verunglückt?«

»So war es auch«, bestätigte Dr. Jones. »Sie ist die Treppe heruntergestürzt. Aber was wie ein Unfall aussah, kann trotzdem Mord gewesen sein – man kennt das doch aus dem Fernsehen.«

»Können Sie uns mehr darüber erzählen?«, bat Justus. »Wer hat sie gefunden?«

»Es war ihre Putzfrau. Die hatte einen Schlüssel, kam eines Nachmittags ins Haus und sah die arme Dora am Fuß der Treppe liegen. Sie rief sofort einen Notarzt, doch da war es schon längst zu spät. Er konnte nur noch den Totenschein ausstellen.«

»Hatte Dora Feinde?«

»Feinde?«, wiederholte Dr. Jones ungläubig. »Dora Mastrantonio war ein begnadeter Opernstar! Sie hatte Fans, Verehrer, aber doch keine Feinde!«

»Vielleicht jemand, der ihr den Erfolg nicht gegönnt hat«, schlug Bob vor.

Doch Dr. Jones schüttelte entschieden den Kopf. »Nein, davon ist mir nichts bekannt. Aber vielleicht solltet ihr Elouise fragen. Sie stand Dora noch viel näher.«

Justus nickte. »Das werden wir tun, sobald es ihr besser geht.«

»Aber sagt mal, ihr drei – das klingt ja fast wie bei einem Verhör. Habt ihr etwa vor, in diesem Fall zu ermitteln?«

»Nun, da es uns nicht gelungen ist, Mrs O'Donnells Fall erfolgreich abzuschließen, liegt es doch nahe, dass wir uns nun um Doras Anliegen kümmern, oder nicht?«

»Doras Anliegen?«

»Falls es wirklich wahr ist, dass Mrs Mastrantonio ermordet wurde, wäre es doch bestimmt in ihrem Sinne, wenn wir den Mord an ihr aufklären.«

»Da habt ihr allerdings recht.«

Es dauerte einen Augenblick, bis Peter begriff, was das bedeutete. Als er es schließlich in Worte fasste, war er nicht sicher, ob sich seine Nackenhaare vor Angst aufstellten oder weil die Angelegenheit im wahrsten Sinne des Wortes haarsträubend war. »Moment mal, Just. Soll das heißen, wir ermitteln ab sofort im Auftrag eines *Geistes*?«

Der Erste Detektiv grinste. »Ganz recht, Peter.«

»Das ist … das ist absolut verrückt!«

»Absolut«, gab Justus unumwunden zu. »Mit anderen Worten: ganz nach meinem Geschmack.«

Darren Higman wohnte in einem kleinen hellrosa gestrichenen Reihenhaus an einer viel befahrenen Straße in Santa Monica. Das Meer und der Hafen waren nahe genug, um das Rauschen der Wellen und das Knattern der Motoren hören zu können. Bob kettete sein Fahrrad an eine Straßenlaterne und genoss einen Moment lang die Sonne und die frische Luft.

Nachdem die drei Detektive die Mastrantonio-Villa am vergangenen Abend verlassen hatten, hatte Justus dem dritten Detektiv aufgetragen, alles über Dora

Mastrantonio herauszufinden. Normalerweise erledigte Bob diese Art von Recherchen in der Bibliothek oder im Zeitungsarchiv, doch wenn es um das Thema Musik ging, hatte er eine viel bessere Quelle: Jelena Charkova, die Tochter eines russischen Musikprofessors und Freundin der drei Detektive. Er hatte sie angerufen und ihr das Problem geschildert. Ihr war sofort jemand eingefallen, der Bob helfen konnte: Darren Higman, ein Freund der Familie Charkov und außerdem begeisterter Opernfan. Jelena versicherte, er sei geradezu ein Mastrantonio-Experte, und so hatte Bob sich gleich nach der Schule auf den Weg nach Santa Monica gemacht, um Mr Higman einen Besuch abzustatten.

Er ging auf die Haustür zu und klingelte. Einen Moment später hörte er Schritte und die Tür wurde geöffnet. Ihm gegenüber stand ein großer dunkelhaariger Mann um die dreißig und blickte ihn aus merkwürdig hellen Augen an – vielmehr schien er Bobs Frisur anzustarren.

»Guten Tag, sind Sie Mr Higman?«

»Der bin ich. Und du musst Bob sein. Jelena hat mich angerufen und vorgewarnt. Herzlich willkommen!« Mr Higman streckte die Hand aus und verfehlte Bobs Rechte um satte zwanzig Zentimeter. Da wurde Bob klar, was es mit Mr Higmans merkwürdiger Augenfarbe auf sich hatte. Darren Higman war blind.

Der blinde Fan

Schnell ergriff Bob Mr Higmans Hand, um sich seine Überraschung nicht anmerken zu lassen. »Danke. Es ist wirklich nett, dass Sie Zeit für mich haben.«

»Immer gern. Ich arbeite zu Hause in meinem eigenen Tonstudio, weißt du. Und eine kleine Abwechslung, die mich aus der Arbeit herausreißt, ist mir jederzeit sehr willkommen.« Er lächelte freundlich und bat Bob herein.

Higmans Haus war schlicht und funktional, auf den ersten Blick sogar etwas kühl. Doch Bob begriff, dass dieser Eindruck vor allem durch das Fehlen jeglichen Raumschmuckes entstand. Es gab logischerweise keine Bilder an den Wänden und die Farbkombination von Wänden, Möbeln und Teppichen war stellenweise sehr gewagt. Dennoch war Darren Higmans Domizil alles andere als langweilig. Fast an jeder Wand befand sich ein CD-Regal – und alle waren voll. Es war schwer zu schätzen, doch es mussten sich an die zehntausend CDs in Higmans Haus befinden. Hinzu kamen noch einmal einige tausend Schallplatten.

»Wow!«, staunte Bob, der selbst ein großer Musikfan war. »Gehören die alle Ihnen?«

»Ja. Mit Musik verdiene ich meinen Lebensunterhalt. Und mit Geräuschen. Ich arbeite für verschiedene Filmstudios im Tonschnitt, mache Sounds selbst und schiebe so lange die Regler rauf und runter, bis die Tonspur perfekt klingt. Nebenbei mache ich noch Musik für Werbespots und schreibe Plattenkritiken.«

»Das ist faszinierend«, sagte Bob und fragte sich gleichzeitig, wie Darren Higman es bewerkstelligte, die richtige CD zu finden, wenn er sie doch nicht sehen konnte. Doch er traute sich nicht, seine Frage laut zu stellen.

Higman führte ihn mit schlafwandlerischer Sicherheit und ohne einen einzigen Fehltritt in eine Mischung aus Wohnzimmer und Tonstudio. Eine beeindruckende Anlage, bestehend aus Mischpulten, Tonbandgeräten, Computern, Plattenspielern, Boxen und Verstärkern, beherrschte eine ganze Wand. Auch hier war es Bob ein Rätsel, wie Mr Higman sich als blinder Mann in dem Wirrwarr aus Schaltern, Reglern und Kabeln zurechtfand.

»Dora Mastrantonio«, eröffnete Darren Higman das Gespräch, nachdem sie sich gesetzt hatten, und er sprach ihren Namen voller Hingabe aus. »Eine großartige Künstlerin, die leider viel zu früh von uns gegangen ist. Ich versichere dir, ich kann dir so ziemlich alles über ihren musikalischen Werdegang erzählen. Du musst mir nur sagen, was du wissen willst.«

»Ich bin nicht sicher, ob ihre Karriere für mich so interessant ist«, gestand Bob.

»So?« Higman war seine Enttäuschung deutlich anzumerken. »Was möchtest du denn wissen?«

Bob wusste nicht, was er dem Mann erzählen sollte. Er hatte ja selbst keine Ahnung, wonach er suchte. »Vielleicht etwas über ihr Privatleben. Ihre Freunde. Und Feinde.«

»Nun, Freunde und Feinde hatte sie reichlich, wie jeder Star. Die Frage ist, wer ihre wahren Freunde waren. Viele haben sich im Fahrwasser ihres Ruhmes bewegt, doch den wenigsten ging es wirklich um ihre Person. Es gab viele Enttäuschungen in ihrem Leben, gerade zu Beginn ihrer Karriere, als sich immer wieder vermeintliche Freunde als Schmarotzer herausstellten, die sie nur ausnutzen wollten. Es gab eine Zeit, in der sie deshalb sehr verbittert war. Doch im Laufe der Jahre wurde sie härter. Vielleicht zu hart. Sie nutzte die falschen Freunde nun ihrerseits aus, um ihnen zu zeigen, dass sie nicht alles mit sich machen ließ. Sie wurde selbstsüchtiger und rücksichtsloser. Viele Menschen sagen, der Ruhm hätte sie verdorben.

Nach dem Tod ihres Mannes hatte sie zahlreiche Affären, doch sie ließ einen Liebhaber nach dem nächsten fallen wie eine heiße Kartoffel. Es ging ihr immer nur um beruflichen Fortschritt, um Kontakte, nicht zuletzt um Spaß. Nie jedoch um Liebe. In den letzten Jahren, in denen sie immer seltener auf der Bühne stand, eilte ihr der Ruf einer begehrenswerten, aber gefährlichen Herzensbrecherin voraus. Die Männer standen geradezu Schlange vor ihrer Tür, was wohl nicht zuletzt an ihrem atemberaubenden Äußeren lag. Aber das kann ich leider nicht beurteilen.« Darren Higman lächelte schief. »Dora Mastrantonio gefiel sich jedenfalls in der Rolle der Verführerin. Und vor allem tat es ihrer Popularität keinen Abbruch. Die Regenbogenpresse liebte sie wegen ihres ausschweifenden Lebens und so war sie auch noch Jahre nach ihren größten musikalischen Erfolgen ein großer Star – bis zu ihrem tragischen Tod.«

Bob nickte. Langsam wurde der Name Mastrantonio

in seinem Kopf zu einem Menschen aus Fleisch und Blut. »Und was ist mit ihren Freundinnen?«

»Es gab einige, die ihr sehr nahestanden. In einem Interview sagte Dora Mastrantonio mal, sie habe vor, im Alter mit ihren drei besten Freundinnen zusammenzuziehen. Die allerbeste Freundin, die sie hatte, war aber sicherlich Mrs Adams.«

»Elouise Adams?«

»Ja, genau! Sie hat sie oft zu Auftritten begleitet und war ständig in ihrer Nähe. Doch im Gegensatz zu vielen anderen ging es ihr nie darum, sich in Doras Ruhm zu sonnen. Mrs Adams war völlig selbstlos. Eben eine wahre Freundin. Deshalb hat sie vermutlich auch die Mastrantonio-Villa geerbt.«

»Wissen Sie auch etwas über die beiden anderen?«

»Nein. Sie standen nie in der Öffentlichkeit. Die eine ist Ärztin, glaube ich, aber da hört mein Wissen auch schon auf.«

»Kommen wir zu ihren Feinden«, sagte Bob. »Wer fällt Ihnen da spontan ein?«

»Eine Menge Leute«, sagte Darren Higman sofort. »Aber niemand Spezielles. Es gab viele, die Dora Mastrantonio nicht ausstehen konnten. Betrogene Ehefrauen, Menschen, die ihr den Erfolg nicht gönnten, Leute, die ihr glamouröses Auftreten für aufgesetzt und übertrieben hielten, neidische Sängerinnen – die Liste ist endlos. Aber es gab eigentlich niemanden, der sie besonders gehasst hat, wenn du das meinst.«

»Auch nicht in ihrem privaten Umfeld?«

»Nicht dass ich wüsste. Aber warum fragst du?«

Higman lachte leise. »Das klingt ja fast, als sei Dora Mastrantonio ermordet worden.«

Bob war froh, dass Mr Higman sein Gesicht nicht sehen konnte. Es hätte ihn sofort verraten. Doch leider fiel ihm auf die Schnelle keine Antwort ein. Und sein Schweigen war offenbar Antwort genug. Higmans Grinsen wich einem Ausdruck des Schocks. »Das meinst du nicht im Ernst, oder? Jelena hat mir erzählt, du seist ein Detektiv. Und dass du mit deinen Freunden in irgendeinem Fall ermittelst. Sie … sie meinte damit doch nicht wirklich einen Mordfall!«

»Ich … wir wissen es nicht«, brachte Bob schließlich heraus.

»Sie ist *ermordet* worden?«

»Ich sagte, wir wissen es nicht!«, wiederholte Bob nachdrücklich. »Wir stecken noch ganz am Anfang der Ermittlungen. Ich glaube, ich muss jetzt gehen, Mr Higman.«

Darren Higman schien nicht im Mindesten beruhigt. »Wenn das wirklich wahr ist …«

»Gar nichts ist wahr, Mr Higman, glauben Sie mir.«

»Wenn du weitere Informationen brauchst, kannst du dich auf jeden Fall an mich wenden!«, versicherte Mr Higman.

»Vielen Dank. Ich werde darauf zurückkommen.« Bob beeilte sich, Darren Higmans Haus zu verlassen.

Während Bob in Santa Monica war, hatte sich Justus erneut auf den Weg nach Malibu gemacht. Diesmal jedoch nicht wegen Mrs O'Donnell, Mrs Adams oder Dr. Jones, sondern wegen ihrer Nachbarn, dem Ehepaar Willow. Dr. Jones hatte ihn darauf gebracht, als sie sich am Vorabend über Mrs Willows Neugier empörte. Aus Erfahrung wusste Justus, dass neugierige Nachbarn häufig eine erstklassige Informationsquelle waren – und damit genau das, was der Erste Detektiv gerade brauchte. Nun stand er im Garten der Willows und blickte sich ratlos um.

»Ich glaube nicht, dass du auf diesem Grundstück etwas verloren hast, junger Mann!«

Justus zuckte zusammen und drehte sich um. Hinter ihm stand, mit einer Heckenschere bewaffnet, Mrs Willow. Einen Moment lang befürchtete der Erste Detektiv, sie würde ihn damit tatsächlich attackieren, so feindselig sah sie aus.

»Da haben Sie recht, Madam. Es tut mir leid. Es war nicht meine Absicht, mir unbefugt Zutritt zu verschaffen.«

»Und warum hast du es dann getan?«

»Ich war auf der Suche nach Ihnen. Mrs Willow?«

»Die bin ich.« Sie kam näher und musterte Justus mit zusammengezogenen Augenbrauen, den Mund zu einem schmalen Strich verkniffen. Sie trug eine schmutzige Kittelschürze, die Hände waren voller Erde und das graue Haar mit einem Kopftuch nach hinten gebunden.

Hinter ihr, in der anderen Ecke des Gartens, war ein dickbäuchiger Mann mit Halbglatze damit beschäftigt, Gartengeräte zu säubern und in einem kleinen Holzschuppen zu verstauen. Er stand direkt an der Hecke, die das Grundstück von dem der Mastrantonio-Villa trennte. Der Mann sah hinüber, doch als ihre Blicke sich begegneten, vertiefte er sich hastig wieder in seine Arbeit.

»Dich kenne ich doch! Du bist einer von den Bengeln, die gestern Abend da drüben herumgeschnüffelt haben!«

»Ich bin einer von den drei Jungen, die gestern dort etwas untersucht haben«, korrigierte Justus. »Mein Name ist Justus Jonas.«

»Untersucht? Was denn untersucht?«

»Wir arbeiten im Auftrag von Mrs O'Donnell. Ich nehme an, Sie kennen sie?«

»Natürlich kenne ich sie!«, zischte Mrs Willow. »Eine von den Neuen! Und was willst du von mir?«

»Nun, um ehrlich zu sein ...« Justus senkte die Stimme und beugte sich verschwörerisch vor. »Mir kommen die drei Damen nebenan etwas seltsam vor. Ich hatte gehofft, Sie könnten mir ein paar Dinge über sie erzählen.«

Mrs Willow grinste hämisch. »Seltsam, ja? Oh ja, das sind sie ganz gewiss. Drei Frauen unter einem Dach, das kann ja nur seltsam enden! Hach, ich könnte ganze Bücher damit füllen!«

»Sehen Sie, das habe ich mir gedacht. Deshalb bin ich zu Ihnen gekommen.«

Mrs Willow musterte ihn unverhohlen von oben bis unten. Justus konnte in ihrem Gesicht wie in einem Buch lesen. Sie war unschlüssig, was sie von ihm halten sollte. Doch nach und nach wurde der Drang, über ihre Nachbarinnen zu tratschen und vielleicht sogar noch etwas Neues zu erfahren, immer größer und spülte die letzten Zweifel fort.

»Also schön«, sagte sie schließlich und wischte die Hände an der Schürze ab. »Gehen wir ins Haus. Dort sind wir ungestört.« Dann drehte sie sich um und schrie: »John!«

Der Mann beim Holzschuppen fuhr zusammen. »Was brüllst du denn so!«

»Du trägst dein Werkzeug schon den ganzen Tag von einer Ecke in die andere! Kümmre dich gefälligst um die Hecke, anstatt in deinem Verschlag herumzulungern! Ich habe Besuch!« Ohne eine Antwort abzuwarten, ließ sie die Heckenschere fallen und führte Justus hinein.

Die Giftspritze

Das Wohnzimmer des Ehepaars Willow war ein spießbürgerlicher Albtraum. Die Couchgarnitur hätte selbst Tante Mathilda die Haare zu Berge stehen lassen – und sie war nicht die geschmackssicherste Frau, wenn es um Inneneinrichtung ging.

Justus bemühte sich, über die Häkeldeckchen, die Hirschgeweihe und die Strohblumengestecke hinwegzusehen. In einer auf Hochglanz polierten Vitrine war ein Gewehr untergebracht – Mrs Willows Gerede am Vorabend von der Schrotflinte ihres Mannes war also keine leere Drohung gewesen.

Es war kein Problem, Mrs Willow zum Sprechen zu bringen. Nachdem Justus ihr zu verstehen gegeben hatte, dass er auf ihrer Seite war, war sie kaum noch zu bremsen, und packte alles aus, was er wissen wollte – und noch viel mehr.

Mrs Willow hatte ihre Nachbarin Dora Mastrantonio gehasst. Ihren Gesang, ihren Ruhm, ihren Rosengarten, ihre Fans, die hin und wieder in der Straße auftauchten, von Reportern ganz zu schweigen – das alles hatte Mrs Willow ganz und gar abscheulich gefunden.

»Eine furchtbare Person! Dieses Gejaule jeden Tag! Tonleitern rauf und runter! Und glaubst du, sie hätte auch nur einmal Rücksicht auf die Nachbarn genommen und die Fenster geschlossen? Nein! Bis an die Küstenstraße hat man ihr Geträller gehört! Schließlich war sie ja ein *Star*! Und dann ewig dieses wichtige Getue! Den letzten Nerv hat sie uns geraubt! Und aufgedonnert war sie bis zum Gehtnichtmehr. Nicht nur wenn sie einen Auftritt hatte, nein! Immer! Jeden Tag! Aber kein Wunder, bei dem Verschleiß, den sie hatte.« Mrs Willow streckte pikiert die Nase in die Höhe.

»Verschleiß?«

»Männer! Ich sage dir, es war ein ständiges Kommen und Gehen! Sodom und Gomorrha! Ein Skandal!«

So ging es eine halbe Stunde lang, bis es Justus gelang, das Thema in eine andere Richtung zu lenken. Mrs Willow hatte Mrs Mastrantonio gehasst, doch ihre drei neuen Nachbarinnen hasste sie noch viel mehr.

»Aber sie wohnen doch erst seit ein paar Tagen dort.«

»Schlimm genug, dass sie *überhaupt* dort eingezogen sind! Außerdem kenne ich die drei von früher. Sie haben die Mastrantonio ja ständig besucht! So was Hochnäsiges wie diese drei Weibsbilder habe ich noch nie erlebt. Besonders diese Zicke Mrs Jones. Oh, Verzeihung, ich meine natürlich *Doktor* Jones! Hält sich für was Besseres. Aber da war sie bei der Mastrantonio ja in bester Gesellschaft. Und Mrs O'Donnell, ha! Sie tut immer so nett und freundlich und flötet den ganzen Tag albernes Bussi-Bussi-Zeug, schrecklich! Sie ist so aufdringlich mit ihrer gespielten Freundlichkeit! Dabei kann sie mich genauso wenig ausstehen wie ich sie. Früher war es ja nur *eine* Nachbarin, aber jetzt haben wir gleich *drei* von der Sorte! Ich sage dir, da überlegt man es sich reiflich, ob man nicht wegziehen sollte. Aber das könnte denen da drüben so passen! Ha!«

»Und was ist mit Mrs Adams?«, fragte Justus.

»Mrs Adams? Mrs Adams könnte einem fast leidtun. Eine so hilflose, unselbstständige Person. Sie hat damals *ständig* hier herumgelungert, angeblich war sie die beste Freundin unseres Opernstars. Aber wenn du mich fragst, war sie eher ihre Leibeigene! Sie hat alles für sie getan, ist ihr überallhin gefolgt wie ein kleines Hündchen. Dora hier, Dora da. Und das, obwohl die Mastrantonio vor zwanzig Jahren etwas mit Mrs Adams' Ehemann hatte!« Mrs Willow sah Justus triumphierend an. »Ja, da staunst du, was? Ich sage dir, das ist eine unglaubliche Geschichte! Die Mastrantonio hatte eine Affäre mit Mr Adams. Und was passiert? Man sollte ja meinen, dass die beiden Frauen sich die Augen auskratzten, als das herauskam.

Aber nein, sie wurden die besten Freundinnen! Richtige Busenfreundinnen sogar! Manchmal hatte man direkt den Eindruck, *die beiden* wären ein Liebespaar! Ich sag's ja, Sodom und Gomorrha! Aber wer weiß, vielleicht hat die Adams unseren Opernstar auch bloß ausgenutzt. Würde mich nicht wundern, wenn sie bei diesem angeblichen Sturz von der Treppe etwas nachgeholfen hat. Aus Rache. Oder Habgier. Man kennt das ja.«

»Mrs Willow!«, sagte Justus empört. »Das ist eine äußerst schwerwiegende Anschuldigung!«

»Pfff, das ist mir egal! Ich sage nur, wie es ist. Die anderen Nachbarn trauen sich nur nicht, es auszusprechen, aber denken tut es eigentlich jeder. Mrs Adams war entweder eine bemitleidenswerte Person, die der Mastrantonio hörig war – oder sie ist ein ausgekochtes Biest, das sich die Villa unter den Nagel reißen wollte – und es am Ende auch geschafft hat! Für das, was dort drüben in der Villa vor sich ging und immer noch geht, ist ›seltsam‹ jedenfalls eine glatte Untertreibung!«

Am späten Nachmittag trafen sich die drei Detektive am Strand von Rocky Beach. Peter hatte darauf bestanden, ihre Lagebesprechung ausnahmsweise nicht in der muffigen Zentrale abzuhalten, sondern unter freiem Himmel. Die Sonne neigte sich blutrot dem Horizont entgegen und malte glühende Streifen in den Pazifik. Bob und Justus lagen faul im warmen Sand und streckten alle viere von sich. Peter, der vor der Ankunft seiner Freunde eine Runde über die Promenade gejoggt war, machte ein paar Dehn- und Lockerungsübungen, während er den Berichten seiner Freunde lauschte.

»Was hast du Mrs Willow eigentlich erzählt, woher du die drei Damen kennst und warum dich das alles interessiert?«, wollte er wissen, nachdem Justus geendet hatte.

Der Erste Detektiv lachte. »Gar nichts. Sie hatte sich so in Rage geredet, dass sie am Ende ganz vergessen hatte, mich danach zu fragen. Ich sage euch, Kollegen, wenn wir weitere Informationen brauchen, ist Mrs Willow eine Goldgrube. Man darf allerdings nicht vergessen, bei ihrer Berichterstattung etwa achtzig Prozent Übertreibung abzuziehen.«

Bob nickte. »Was ist mit dir, Zweiter? Hattest du Erfolg?«

Peter beendete seine Übung und setzte sich zu den anderen in den Sand. »Ich war bei der Putzfrau, Ana Maria Gomez.«

»Und?«

»Eine furchtbar anstrengende Frau. Als ich den Namen Dora Mastrantonio erwähnte, brach sie fast in Tränen aus. Sie schlug die Hände vors Gesicht und jammerte erst einmal eine halbe Stunde auf Spanisch, bevor sie sich beruhigt hatte.«

Justus grinste in sich hinein. Er konnte es sich bildlich vorstellen, wie Peter mit seiner angeborenen Ungeduld verzweifelt war.

»Danach wurde es leider nicht besser. Sie erzählte mir haarklein, was genau passiert war. Leider nicht nur einmal, sondern mindestens zwanzigmal. Und jede neue Ausführung war noch eine Spur dramatischer als die anderen. Ich kenne die Story jetzt echt auswendig.«

»Dann erzähl sie uns doch bitte«, sagte Bob.

»In einer realistischen Version«, fügte der Erste Detektiv hinzu.

Peter räusperte sich und versuchte, seine Stimme wie die eines Nachrichtensprechers klingen zu lassen: »Ana Maria Gomez betrat am Nachmittag des fünfzehnten März wie immer pünktlich auf die Minute die Villa von Dora Mastrantonio. Und zwar um exakt vier Uhr. Auf ihre Pünktlichkeit legte sie immer großen Wert. Sie hat mir mindestens hundertmal gesagt, dass sie in den acht Jahren, die sie für Mrs Mastrantonio arbeitete, nicht einmal zu spät gekommen war. Sie hatte einen eigenen Schlüssel. Sie betrat also die Eingangshalle und entdeckte sofort Dora Mastrantonios leblosen Körper am Fuß der Treppe. Sie schrie auf, lief zu ihr, fand kein Lebenszeichen und rief sofort die Polizei vom Telefon im Flur aus an. Der Rettungswagen kam zwei Minuten später, doch der Arzt konnte nur noch Mrs Mastrantonios Tod feststellen. Dann kam die Polizei und verhörte nicht nur Mrs Gomez, sondern auch Mrs Adams, Mrs O'Donnell und Dr. Jones, die nach und nach dort eintrudelten. Schließlich auch das Ehepaar Willow. Doch weil alle ein wasserdichtes Alibi hatten und keine Spuren von Gewaltanwendung gefunden wurden, wurden die Ermittlungen schnell eingestellt. Am oberen Ende der Treppe fand man eine aufgeworfene Falte im Teppich. Wahrscheinlich ist Mrs Mastrantonio darüber gestolpert und die Treppe hinuntergestürzt.« Peter setzte seine Sonnenbrille ab. »Das waren die Fakten.«

»Gute Arbeit, Zweiter«, lobte Justus. »Damit haben wir eine ganze Menge Informationen zusammen. Aber noch nicht genug. Ich werde Inspektor Cotta bitten, dass er mir Einsicht in die Polizeiunterlagen zu diesem Fall gewährt.«

»Und du glaubst, das tut er?«, zweifelte Bob.

Justus zuckte die Schultern. »Versuchen kann ich es. Fest steht jedenfalls, dass wir mit dem, was wir bisher wissen, nicht viel anfangen können. Die Einblicke in Dora Mastrantonios Leben sind schön und gut, aber solange wir keine Ahnung haben, was wirklich am Nachmittag des fünfzehnten März passiert ist, bringt uns das nichts.«

»Dann viel Erfolg bei deinen Überredungskünsten!«

Langsam machten sich die drei Detektive auf den Weg zurück zum Schrottplatz und sprachen dabei über ihre weitere Vorgehensweise. Doch keiner hatte einen wirklich guten Einfall. Die Polizei hatte in diesem Fall bereits ermittelt und ihn abgeschlossen – Dora Mastrantonio war verunglückt, nicht ermordet worden. Wieso sollten die drei ??? zu einem anderen Ergebnis kommen?

Als sie schließlich die Zentrale betraten, blinkte das Lämpchen am Anrufbeantworter. Justus hörte die Nachricht ab.

»Hallo, ihr drei, hier ist Mrs O'Donnell! Es wäre nett, wenn ihr mich zurückruft, es gibt Neuigkeiten!«

»Da bin ich aber mal gespannt«, meinte Justus,

nahm den Hörer ab und wählte die Nummer der Mastrantonio-Villa.

»Wahrscheinlich wollen sie sich das Ouija-Brett ausleihen«, raunte Peter. »Dann können sie Dora alles fragen, was ihnen schon immer auf dem Herzen lag.«

»Ja bitte?«, meldete sich Mrs O'Donnell am anderen Ende.

»Hallo, Mrs O'Donnell, hier spricht Justus Jonas.«

»Justus! Schön, dass du dich so rasch meldest!«

»Wie geht es Mrs Adams?«

»Oh, besser, viel besser! Sie ist schon heute Morgen wieder entlassen worden. Im Moment liegt sie in einem der Gästezimmer und ruht sich aus. Eigentlich wollte sie nicht zurück in dieses Haus, aber es ist sicher besser, wenn Cecilia und ich uns um sie kümmern können. Seid ihr mit euren Ermittlungen inzwischen vorangekommen?«

»Ein wenig. Aber es gibt noch keine konkreten Ergebnisse.«

»Nun ja«, fuhr Mrs O'Donnell zögerlich fort. »Cecilia und ich haben uns etwas überlegt. Wenn es wirklich stimmt, dass Dora ermordet wurde – dann müsste sie ihren Mörder doch auch kennen, nicht wahr?«

»Worauf wollen Sie hinaus, Mrs O'Donnell?«

»Wir könnten es noch einmal versuchen. Und dann fragen wir Dora selbst, wer sie getötet hat.«

Justus räusperte sich. »Ihnen ist hoffentlich klar, dass die Aussage, die ein Geist mithilfe eines Ouija-Brettes gemacht hat, bei der Polizei bestenfalls ein müdes Lächeln hervorrufen dürfte.«

»Natürlich. Aber ihr könntet eure Ermittlungen

dann gezielter fortsetzen, nicht wahr? Und um genau zu sein, hatte ich diesmal auch nicht das Ouija-Brett im Sinn.«

»Ach nein?«

»Nein. Elouise ist zu labil für einen weiteren Versuch. Das wollen wir ihr nicht zumuten. Stattdessen haben wir uns überlegt, einen direkten Kontakt herzustellen. Wir lassen Dora selbst zu Wort kommen. Ohne Brett.«

Einen Moment lang war der Erste Detektiv sprachlos. »Und wie wollen Sie das anstellen, wenn ich fragen darf?«

»Indem wir ihre Stimme auf Band aufnehmen.«

Phantomstimmen

»Also, wenn ihr mich fragt, ist das völlig bescheuert«, sagte Peter, als sie Richtung Malibu Beach fuhren. »Die Stimme eines Geistes auf Tonband aufnehmen? Etwas Bekloppteres habe ich noch nie gehört. Wie soll denn das funktionieren?«

»Das wird uns Mrs O'Donnell sicherlich erklären«, meinte Justus. »Einen Vorteil hat die Sache jedenfalls. Wenn wir es mit einem Trick zu tun haben, dürfte uns die Entlarvung einer gefälschten Aufnahme wesentlich leichter fallen als die einer manipulierten Séance.«

»Ach ja?«, fragte Bob. »Und wie?«

Justus grinste wissend. »Das wirst du schon sehen!«

Es war bereits dunkel, als die drei Detektive die

Mastrantonio-Villa erreichten. Mrs O'Donnell öffnete ihnen die Tür. »Schön, dass ihr heute Abend kommen konntet. Cecilia und ich sind schon ganz aufgeregt und gespannt, ob es wirklich funktioniert. Wir hätten ungern bis morgen gewartet.«

»Und Mrs Adams?«, fragte Justus und ahnte die Antwort.

»Nun, sie ist etwas … nervös.«

Sie gingen gemeinsam in den Salon. Er erstrahlte ein weiteres Mal im Schein Dutzender Kerzen. Mrs Adams und Dr. Jones waren nicht da. Der große, runde Tisch war verschwunden, stattdessen war ein Kreis aus sechs Stühlen aufgebaut. In der Mitte lag auf dem Boden ein kleiner Kassettenrekorder mit einem angeschlossenen Mikrofon.

»Wir haben schon alles vorbereitet«, erklärte Mrs O'Donnell stolz.

Peter betrachtete stirnrunzelnd das Aufnahmegerät und wandte sich schließlich an Mrs O'Donnell: »Entschuldigen Sie, aber mir ist immer noch nicht ganz klar, was Sie eigentlich planen. Haben Sie ernsthaft vor, Doras Stimme aufzunehmen?«

»Ganz recht.«

»Aber … wie? Ich meine, sie ist tot, oder nicht?«

»Sie ist tot«, bestätigte Mrs O'Donnell. »Aber schließlich hat sie schon zweimal zu uns gesprochen. Nur ist das Gläserrücken vielleicht nicht die beste Methode. Daher habe ich mich informiert, was es sonst noch für Wege gibt, mit einem Geist in Kontakt zu treten. Und in verschiedenen Büchern bin ich auf etwas Faszinierendes gestoßen.«

»Auf die Tonbandaufzeichnungen von Geisterstimmen, auch Phantomstimmen genannt«, vermutete Justus. »Ich habe schon davon gelesen. Es gibt Experimente, in denen mit einem Tonband eine spiritistische Sitzung aufgenommen wurde. Während der Sitzung wurden Fragen an den Geist gestellt, ganz ähnlich wie beim Gläserrücken. Scheinbar antwortete niemand. Doch als man später die Aufzeichnung abhörte, war die Stimme des Geistes deutlich zu vernehmen.«

»Wie soll das denn zugehen?«, fragte Peter.

»Man sagt, ein Geist sei häufig nicht stark genug, um direkt zu den Menschen zu sprechen. Aber seine Energie reicht aus, um seine Stimme auf das Magnetband zu bannen«, erklärte Mrs O'Donnell. »Auf diese Weise hat man schon faszinierende Aufnahmen machen können und mit vielen berühmten verstorbenen Persönlichkeiten gesprochen.«

»Alles fauler Zauber«, entfuhr es Bob.

»Bis vor wenigen Tagen hätte ich dir zugestimmt«, antwortete Mrs O'Donnell. »Aber seit wir wissen, dass Doras Geist mit uns sprechen will, halte ich nichts mehr für ausgeschlossen.«

»Häufig ist es bei den Phantomstimmen jedoch so, dass man kaum etwas verstehen kann«, fügte Justus hinzu. »Und wenn, dann nur mit viel Fantasie. Die Stimmen sind verzerrt, oft bis zur Unkenntlichkeit. Es gibt nur ein Rauschen oder Knacken auf dem Band, das elektronisch verfremdet werden muss, um eine menschliche Stimme herauszuarbeiten. Manchmal ist die Phantomstimme auch nur extrem verlangsamt oder beschleunigt zu hören, das Band muss dann schneller oder langsamer abgespielt werden. Bei diesem Verfahren ist die Gefahr der Manipulation natürlich sehr groß. Und selbst wenn nicht – am Ende hören die Menschen das, was sie hören wollen. Auch aus dem Rauschen eines Heizkörpers oder dem Summen eines Kühlschranks kann man Phantomstimmen heraushören, wenn man sich lange genug darauf konzentriert und daran glaubt.«

»Du magst recht haben, Justus«, räumte Mrs O'Donnell ein. »Trotzdem sollten wir nichts unversucht lassen, um mit Dora zu sprechen. Es ist doch unsere Pflicht herauszufinden, ob sie ihren Mörder kennt – und wer es ist.«

»In diesem Punkt stimme ich Ihnen zu«, sagte Justus und nickte. »Über den Erfolg werden wir später urteilen.«

Die Tür wurde geöffnet und Dr. Jones und Mrs Adams traten ein. Mrs Adams sah noch schlimmer aus als am Tag zuvor. Ihre Haut war aschfahl, das Gesicht wie nach wochenlanger Krankheit eingefallen und sie brachte nur den Hauch eines Lächelns zur Begrüßung zustande. Von Dr. Jones gestützt, nahm sie im Stuhlkreis Platz.

»Wie geht es Ihnen, Mrs Adams?«, fragte Bob fürsorglich.

»Nicht gut«, gestand sie mit gebrochener Stimme. »Ich möchte dieses Haus verlassen. Dieser Geisterwahnsinn um Dora – ich will das nicht mehr.«

Dr. Jones warf Mrs O'Donnell einen besorgten Blick zu. »Vielleicht sollten wir das Experiment verschieben«, schlug sie vor. »Wenn es Elouise nicht gut geht… ich möchte nicht noch einmal den Krankenwagen rufen müssen.«

»Aber diesmal ist es doch etwas anderes«, widersprach Bernadette O'Donnell. »Du musst gar nichts weiter tun, Elouise, als hier zu sitzen. Vielleicht klappt es ja auch gar nicht. Jedenfalls besteht kein Grund zur Sorge.«

Elouise nickte schwach.

»Also schön«, sagte Justus. »Wie ist das Experiment geplant?«

»Wir setzen uns in den Kreis, schalten das Aufnahmegerät ein, richten unsere Gedanken auf Dora und rufen sie. Dann stellen wir Fragen. Nach zehn Minuten ist die Sitzung beendet und wir hören uns die Aufnahme an. Wenn es funktioniert, ist ihre Stimme auf dem Band zu hören. So habe ich es jedenfalls in den Büchern gelesen.«

»Ich nehme an, Sie haben vorher überprüft, ob das Aufnahmegerät und die Kassette einwandfrei sind«, vermutete Justus und wies auf den Rekorder. »Wir wollen schließlich nicht, dass das Experiment wegen eines technischen Defekts fehlschlägt.«

»Selbstverständlich«, versicherte Mrs O'Donnell. »Alles funktioniert perfekt.«

»Nun, Mrs O'Donnell, nehmen Sie es bitte nicht persönlich, aber im Laufe unserer Detektivkarriere hatten wir es schon häufiger mit technischen Manipulationen zu tun. So häufig, dass ich vorschlage, diesen Versuchsaufbau komplett zu ersetzen.« Der Erste Detektiv öffnete seinen Rucksack und holte seinerseits ein tragbares Aufnahmegerät heraus, wie Reporter es häufig benutzten. Er hatte es vor einigen Monaten auf dem Schrottplatz gefunden und repariert. Sein nagelneues Diktiergerät wäre zwar handlicher gewesen, doch nach mehreren Testläufen hatte das altmodische Aufnahmegerät in puncto Klangqualität die Nase vorn gehabt. Ein weiterer Vorteil war, dass man normale Audiokassetten verwenden konnte.

Der Erste Detektiv trat in den Stuhlkreis, stellte den Kassettenrekorder zur Seite und platzierte das Aufnahmegerät. Lächelnd wandte er sich an Mrs O'Donnell. »Sie haben doch nichts dagegen?«

»Selbstverständlich nicht! Auch wenn ich nicht weiß, wer hier etwas manipulieren sollte. Aber ihr seid die Detektive, bitte sehr, benutzen wir euer Gerät!«

Justus machte einen kurzen Test, dann spulte er das Band zurück und drückte die Recordtaste.

Alle Anwesenden nahmen Platz.

Mrs O'Donnell wartete, bis es ganz still war, dann sagte sie: »Dora, wir rufen dich. Wenn du hier bist, dann melde dich!«

Nichts geschah. Doch laut Mrs O'Donnells Erklärung bedeutete das nicht, dass Dora nicht antwortete. Wenn der Geist reagierte, dann würden sie das erst im Anschluss an die Sitzung erfahren.

»Du hast schon zweimal mit uns Kontakt aufgenommen. Nun bitten wir dich, zu uns zu sprechen.«

Wieder herrschte Schweigen. Alle starrten wie hypnotisiert auf das Aufnahmegerät, und Peter ertappte sich dabei, wie er angestrengt lauschte. Draußen fuhr ein Auto vorbei. Ein Specht hämmerte gegen einen Baum. Von einer Phantomstimme war nichts zu hören.

»Wenn du tatsächlich ermordet worden bist, dann kennst du vielleicht deinen Mörder. Bitte sag uns, ob du weißt, wer der Täter ist, Dora. Sag uns, wer dich umgebracht hat!« Nun machte Mrs O'Donnell eine längere Pause. Offenbar hoffte sie auf eine ausführliche Antwort.

Bob musste niesen und Peter unterdrückte mühsam ein Gähnen. Mrs O'Donnell, Dr. Jones und Justus starrten unbewegt auf das Diktiergerät. Und in Mrs Adams' Augen blitzten Tränen. Sie weinte still vor sich hin und außer Peter bemerkte es niemand.

»Wenn du uns geantwortet haben solltest, Dora, dann habe vielen Dank! Der Schuldige wird seine gerechte Strafe erhalten. Wir vermissen dich, Dora.« Mrs O'Donnell stieß einen Seufzer aus, dann stand sie auf, beugte sich hinunter und stellte das Aufnahmegerät aus.

Der Zweite Detektiv blickte auf die Uhr. Die ganze Sitzung hatte nur sechs Minuten gedauert. Genug Zeit, um das Wichtigste zu sagen. Doch er glaubte nicht daran, dass etwas auf dem Band war. Es war absolut nichts zu hören gewesen. Wie sollte dann eine Stimme aufgenommen worden sein? Er blickte zu Bob und Justus hinüber. In ihren Gesichtern zeichnete sich ebenfalls deutlicher Zweifel ab.

»Und nun?«, fragte Justus herausfordernd. »Hören wir uns das Band sofort an? Oder braucht eine Phantomstimme erst eine gewisse Manifestationszeit?«

»Für Spott jedenfalls ist noch Zeit genug, wenn tatsächlich nichts auf der Kassette sein sollte«, entgegnete Mrs O'Donnell schnippisch. Sie nahm das Aufnahmegerät zur Hand, spulte zurück und startete die Wiedergabe.

Schritte und Stühlerücken waren zu hören. Doch die Geräusche drangen kläglich leise und scheppernd aus den kleinen Lautsprechern.

»Nun ja, bei dieser Qualität werden wir Doras Stimme garantiert nicht heraushören«, prophezeite Dr. Jones. »Ich dachte, das Gerät sei technisch einwandfrei.«

»Ist es auch«, verteidigte sich Justus. »Nur die Lautsprecher geben nicht allzu viel her.«

»Darf ich?«, fragte Dr. Jones und nahm Bernadette O'Donnell das Gerät aus der Hand. Dann ging sie zu der riesigen Musikanlage an der Wand und legte die Kassette in einen der dortigen Player. Jede Komponente gab es in mindestens doppelter, manchmal sogar dreifacher Ausführung, daher dauerte es eine Weile, bis Dr. Jones den richtigen Verstärkereingang gefunden und alles eingestellt hatte. »Das ist Doras Anlage. Sie ist technisch auf dem neuesten Stand. Wenn irgendetwas auf dem Band ist, holt diese Anlage es garantiert heraus.«

»Warum haben wir sie dann nicht gleich für die Aufnahme benutzt?«, fragte Peter.

»Weil sie kein eingebautes Mikrofon hat.« Cecilia Jones schaltete ein weiteres Gerät hinzu und schob ein paar Regler nach oben und unten.

»Und was ist das?«, wollte Peter wissen.

»Ein Equalizer.«

»Damit kann man die Höhen und Tiefen und Bässe verstellen«, erklärte Bob. »Eine gute Idee. Wenn Justus recht hat und die Phantomstimme nur verzerrt hörbar ist, kann man mithilfe des Equalizers die Klangqualität verbessern.«

»Da bin ich aber mal gespannt«, sagte Peter.

Dr. Jones startete die Kassette und drehte die Lautstärke hoch. Nach ein paar Sekunden war Mrs O'Donnells Stimme klar und deutlich zu hören. Die Qualität war ausgezeichnet, und nach ein paar Korrekturen an den Klangreglern hörte es sich an, als befände sich eine zweite Bernadette O'Donnell im Raum.

»Dora, wir rufen dich. Wenn du hier bist, dann melde dich!«

Gebannt lauschten die drei Detektive. Nichts war zu hören, nur das statische Rauschen, das es auf jeder Aufnahme gab.

»Du hast schon zweimal mit uns Kontakt aufgenommen. Nun bitten wir dich, zu uns zu sprechen.«

Wieder Stille. Dann ein Brummen: das Geräusch des Autos, das draußen vorbeigefahren war. Der Specht hämmerte so laut und deutlich, als wäre er hier im Raum. Sonst nichts.

Peter war sich sicher, dass nichts mehr kommen würde. Der Versuch war fehlgeschlagen. Und er gestand sich ein, dass ihm das durchaus recht war. Wenn es wirklich eine Phantomstimme gegeben hätte, dann …

Er horchte auf. Da war etwas! Ein heller, klagender Laut, der wie eine Mischung aus Weinen und Singen klang und vibrierend in der Luft lag. Dr. Jones drehte die Lautstärke hoch. Das Geräusch sackte ab, wurde immer tiefer, bis eine Stimme herauszuhören war.

Sie war verzerrt wie bei einem schlechten Radioempfang, sie klang gequetscht, zerstückelt und blechern, als spräche man durchs Telefon mit jemandem, der sich einen Eimer über den Kopf gestülpt hatte. Doch so verfremdet die Stimme auch war, so deutlich konnte man trotzdem jedes einzelne Wort verstehen. Die Nachricht war kurz, doch sie ließ alle Anwesenden erstarren.

»Ich bin hier, meine Lieben. Dora ist hier!«

Und der Mörder ist …

Mrs Adams stieß einen kleinen Schrei aus. Sie sprang von ihrem Stuhl auf und ließ sich sogleich zitternd wieder darauf nieder.

Dr. Jones drehte die Lautstärke noch höher und schob beinahe panisch an den Reglern herum.

Bernadette O'Donnell ergriff Bobs Oberarm und drückte ihn heftig. Ihr Blick war jedoch auf die Boxen gerichtet, als könnte sie Doras Geist dort nicht nur hören, sondern auch sehen.

Die drei Detektive tauschten alarmierte Blicke aus. Niemand wusste, was zu tun war. Ein eigenartiger Bann hatte sich über alle Anwesenden gelegt. Niemand wagte, zu sprechen oder sich von der Stelle zu rühren, aus Angst, die geheimnisvolle Verbindung zum Totenreich zu trennen. Es wurde wieder still, und als Mrs O'Donnells Stimme das nächste Mal zu hören war, zuckten alle vor Schreck zusammen.

»Wenn du tatsächlich ermordet worden bist, dann kennst du vielleicht deinen Mörder. Bitte sag uns, ob du weißt, wer der Täter ist, Dora. Sag uns, wer dich umgebracht hat!«

Nach einigen Sekunden des Schweigens kehrte die Phantomstimme zurück. Wieder klang es, als stiege sie aus einer großen Höhe hinab auf die Erde, Ton für Ton schraubte sich der Singsang zu einer normalen Stimme herab. Mittendrin erklang Bobs Niesen. Dann sprach Doras Geist:

»Meine lieben Freundinnen! Ich kenne die Antwort. Ich weiß es … ich weiß es … ich weiiiiiiß es. Die Person, die mich ermordet hat … ich habe ihre Augen gesehen, bevor ich stürzte … bevor ich starb … Sie ist nah … so nah … soooo naaaah!« Die Stimme flackerte wie eine Kerze im Sturm und wurde leiser. Einen Augenblick lang befürchteten die drei Detektive, der Kontakt würde abbrechen. Doch dann stabilisierte sie sich wieder. »Mein Mörder ist hier … bei euch … bei uns … so nah!« Die Stimme sackte ab, wurde tiefer und tiefer, bis sie nur noch ein dumpfes Brummen war, das immer leiser wurde und schließlich verstummte.

»Wenn du uns geantwortet haben solltest, Dora, dann habe vielen Dank! Der Schuldige wird seine gerechte Strafe erhalten. Wir vermissen dich, Dora.« Mrs O'Donnells Seufzen erklang, dann ihre Schritte. Ein lautes Klacken beendete die Aufnahme. Dr. Jones drückte die Stopptaste und auch das Rauschen erstarb.

Sekundenlang herrschte Totenstille. Selbst Justus wusste nichts zu sagen. In seinem Kopf drehte sich alles. Was er gerade erlebt hatte, war absolut unmöglich! Aber sie alle hatten es gehört! Laut und deutlich!

»Da!«, schrie Peter plötzlich, und seine Stimme überschlug sich. Er wies zum Fenster.

Justus wirbelte herum und sah gerade noch, wie ein Schatten sich duckte und aus ihrem Blickfeld verschwand.

»Der Mann, der uns schon einmal beobachtet hatte! Das war er!«

»Hinterher!«, rief Justus, doch Bob war schon zum Fenster gelaufen und riss es auf. Mit einem Hechtsprung war er draußen.

Der dritte Detektiv breitete die Arme aus, um den Unbekannten zu fassen zu kriegen. Doch er stürzte ins Leere und landete unsanft auf dem Rasen. Er blickte sich um. Der Rosengarten war verlassen. Von dem Fremden keine Spur.

Mit federnden Beinen und wesentlich sportlicher als Bob landete Peter neben ihm. »Wo ist er?«

»Ich weiß nicht. Weg. Ich habe ihn nicht einmal mehr gesehen.«

»Unmöglich. So schnell kann niemand verschwinden. Bis zur Hausecke sind es zwanzig Meter. Die schaffe nicht mal ich in einer Sekunde!«

»Aber du siehst doch, dass er verschwunden ist, Peter!«

»Was ist, Kollegen?«, rief Justus vom Fenster aus.

»Du kannst oben bleiben, Just«, sagte Bob. »Er ist uns wieder entwischt.«

Der Erste Detektiv knurrte enttäuscht und überlegte

einen Moment. Schließlich sagte er: »Kommt wieder rein!«

Peter wollte gerade das Blumenbeet betreten, um besser an das Fenster heranzukommen, doch Justus hielt ihn zurück. »Nehmt besser die Haustür!« Er deutete auf das Beet und warf dem Zweiten Detektiv einen warnenden Blick zu.

Peter verstand. Sie hatten vereinbart, den drei Damen des Hauses gegenüber nichts von ihrer Mehlfalle zu erwähnen.

Als Bob und Peter in den Salon zurückgekehrt waren, rief Mrs O'Donnell: »Es hat geklappt! Ich wusste es! Dora hat zu uns gesprochen, klar und deutlich!«

»Sonderlich klar und deutlich fand ich es nicht«, widersprach Justus.

»Willst du etwa behaupten, du hättest nicht verstanden, was sie gesagt hat?«

»Ich habe die Worte sehr wohl verstanden. Die Frage ist nur, ob sie wirklich von Mrs Mastrantonio stammen.«

»Aber das hast du doch gehört!«, empörte sich Dr. Jones. »Sie hat es laut und deutlich gesagt!«

»Was kein Beweis ist.«

»Sie war es«, hauchte Mrs Adams mit zitternder Stimme. »Das habe ich gespürt. Sie war uns ganz nah!«

»So nah wie ihr Mörder«, ergänzte Mrs O'Donnell, und augenblicklich herrschte Stille. Die letzten Worte der Phantomstimme hallten in ihren Köpfen nach. Der Mörder war nah. *Bei ihnen!*

»Der Mann am Fenster«, brach Peter das Schweigen. »Er muss es sein.«

»Aber woher sollte Dora gewusst haben, dass wir von ihm beobachtet werden?«, fragte Bob.

»Was weiß ich!«, rief Peter. »Sie ist ein Geist! Sie sieht und hört wahrscheinlich alles! Heißt es nicht immer, Mörder würden an den Tatort zurückkehren? Das ist doch der Beweis! Der Typ am Fenster ist der Täter!«

»Aber wer ist er?«, fragte Bob. »Wie kriegen wir das heraus? Ich verstehe nicht, dass er uns schon wieder entwischen konnte!«

»Langsam, langsam, ihr beiden!«, mahnte Justus. »Was du hier leichtfertig als Beweis präsentierst, Peter, ist nichts als eine Aneinanderreihung zusammenhangloser Behauptungen. Und auch von dir hätte ich etwas mehr Besonnenheit erwartet, Bob. Wir wissen ja noch nicht einmal, ob diese Phantomstimme echt ist.«

»Aber Just, wir haben sie doch alle gehört!«, widersprach Peter. »Oder etwa nicht?«

»Schon.«

»Und wir haben *während* der Aufnahme *nichts* gehört«, fuhr Peter fort. »Stimmen wir so weit überein?«

»Ja«, sagte Justus ungeduldig. »Mir ist klar, dass die Indizien für die Phantomstimme sprechen. Trotzdem möchte ich das Band erst einer genauen Untersuchung unterziehen, bevor wir uns in irgendetwas verrennen.« Er trat zur Hi-Fi-Anlage und nahm die Kassette heraus.

»Was soll das heißen?«, fragte Mrs O'Donnell. »Wollt ihr Doras Worte einfach missachten? Sie hätte uns fast den Namen ihres Mörders genannt! Das müsst ihr doch untersuchen!«

»Erst wenn wir einen Beweis für die Authentizität

dieser Aufnahme haben«, entschied Justus. »Und ehrlich gesagt, glaube ich immer noch nicht daran.«

»Wie viele Beweise brauchst du noch, Justus Jonas?«, zischte Mrs O'Donnell. »Ihr sollt Doras Mörder finden, anstatt eure Zeit mit diesem Tonband zu verschwenden.«

»Mrs O'Donnell, wenn Dora Mastrantonio wirklich ermordet wurde, ist der Fall ohnehin eine Nummer zu groß für uns. Sobald wir einen Beweis dafür haben, werden wir die Sache an Inspektor Cotta abgeben.«

»Wenn es bis dahin nicht zu spät ist«, zischte Mrs O'Donnell. »Der Mörder könnte dann längst über alle Berge sein. Oder die Mörderin.«

»Die Mörderin?«, fragte Bob. »Aber am Fenster stand ein Mann, so viel konnte ich erkennen.«

»Das mag sein. Doch Dora sagte nicht, ihr Mörder stehe am Fenster. Sie sagte, er sei ganz nah. Es muss also nicht zwingend der Fremde gewesen sein.« Sie warf einen Blick in die Runde und senkte ihre Stimme. Man hörte ihr deutlich an, wie schwer ihr die nächsten Worte fielen: »Es könnte eine von uns gewesen sein.«

Dora oder nicht Dora?

»Ich habe ihre Augen gesehen, bevor ich stürzte ... bevor ich starb ... Sie ist nah ... so nah ... soooo naaaah!«

Justus stoppte das Band, ließ es zurückfahren und spielte die Stelle noch einmal ab.

»Ich weiß wirklich nicht, was du dir davon noch versprichst, Just«, maulte Peter, der neben ihm in der Zentrale saß. »Wir haben uns die Aufnahme mindestens fünfmal angehört.«

»Sechsmal«, korrigierte Bob.

»Und dann noch mal jeden Satz von Dora einzeln. Was glaubst du, noch zu finden?«

Justus schüttelte den Kopf, ohne den Blick von dem Gerät zu wenden. »Ich weiß es nicht. Aber irgendwas muss auf diesem Band sein, was uns Aufschluss darüber gibt, wie diese Aufnahme zustande gekommen ist.«

»Und wenn … na ja … wenn du einfach akzeptierst, dass es wirklich Doras Geist war?«, fragte Peter zaghaft.

»Komm schon, Zweiter, wie oft soll ich es dir noch sagen? Das ist absolut lächerlich!«

»Aber das Phänomen der Phantomstimmen existiert wirklich«, warf Bob ein. »Wenn es sogar Bücher darüber gibt …«

»Na und? Es gibt auch Bücher, in denen steht, dass die ägyptischen Pyramiden von Außerirdischen gebaut wurden. Alles Spinner! Es muss ein Trick dahinterstecken!«

»Aber was denn für einer?«, fragte Peter ungehalten. »Wir haben alle nichts gehört! Und trotzdem ist etwas auf dem Band! Das Aufnahmegerät war nicht manipuliert! Wo soll denn da der Trick sein?«

»Ich weiß es nicht!«, rief Justus verärgert. »Und ich werde bestimmt nicht draufkommen, wenn du mich die ganze Zeit nervst!« Er ließ das Band weiterlaufen und wiederholte dann das nächste Stück der Phantomstimme immer und immer wieder: »Mein Mörder ist hier … bei euch … bei uns … so nah!«

»Was haltet ihr eigentlich von Mrs O'Donnells Reaktion auf diesen Satz?«, fragte Bob nach einer Weile.

»Du meinst, dass eine von ihnen die Mörderin sein könnte?«, fragte Peter. »Ganz schön gewagt. Dr. Jones und Mrs Adams haben sie angesehen, als hätte sie nicht mehr alle Tassen im Schrank. Jedenfalls war die Stimmung danach im Eimer.«

»Trotzdem halte ich die Spekulation für gar nicht so abwegig«, meinte Justus und schaltete das Band endlich aus.

»Wie bitte? Du meinst, dass wirklich eine der drei schuldig ist?«

»Gehen wir die Sache doch mal logisch an«, forderte der Erste Detektiv. »Fakt ist: Die Phantomstimme ist ein Hinweis. Und zwar für einen der Anwesenden – für uns, für Mrs O'Donnell, Mrs Adams oder Dr. Jones. Vielleicht sogar für uns alle zusammen. Wer immer dafür gesorgt hat, dass die Phantomstimme auf das Band kommt – selbst wenn es ein Geist war –, wollte uns etwas mitteilen. Der Mörder ist nahe. Und damit kommen tatsächlich nur vier Menschen infrage – die drei Damen des Hauses und der Unbekannte am Fenster. Denn eines weiß ich mit Sicherheit: Wir drei waren es nicht.«

»Aber warum das Rätselraten?«, fragte Bob. »Warum hat die Phantomstimme nicht gleich den Namen genannt?«

»Ich weiß es nicht«, gestand Justus. »Aber wenn

ich mir die Sache mit einigem Abstand ansehe, ergeben sich die nächsten Ermittlungsschritte praktisch von selbst. Erstens, wir müssen herausfinden, wer der Fremde am Fenster ist. Mit etwas Glück können wir morgen bei Tageslicht seine Mehlspur verfolgen. Zweitens, wir nehmen unsere drei Grazien näher unter die Lupe. Ich würde mich beispielsweise zu gern in der Mastrantonio-Villa umsehen, ohne auf Schritt und Tritt von Bernadette, Cecilia oder Elouise beobachtet zu werden. Drittens, wir müssen irgendwie herausfinden, wer oder was hinter der Phantomstimme steckt. Ich gebe zu, das ist ein sehr kniffliges Rätsel. Aber vielleicht gibt es eine Möglichkeit, die Aufnahme auf technischem Wege zu entzerren und die ursprüngliche Stimme zu rekonstruieren.«

»Ich weiß, wer uns dabei helfen kann!«, platzte Bob heraus. »Darren Higman! Der Mastrantonio-Fan, den ich besucht habe! Er macht beruflich solche Sachen und hat außerdem ein ausgezeichnetes Gehör.«

»Hervorragend, Bob. Wir werden ihn gleich morgen besuchen. Wäre doch gelacht, wenn wir das Geheimnis um die Phantomstimme nicht lüften könnten!«

Am nächsten Tag war es mit dem schönen Wetter vorbei. Es war stürmisch geworden und der Wind trieb dichte Wolken zusammen. Auf dem Weg nach Santa Monica wurde es immer dunkler.

Darren Higman war erfreut, noch einmal von Bob zu hören. Und sehr erstaunt, als der dritte Detektiv nach der Schule in Begleitung von Justus und Peter vor der Tür stand. Higman bat die drei herein, bot ihnen etwas zu trinken an und führte sie ins Tonstudio-Wohnzimmer.

»Was kann ich für euch tun?«, fragte er schließlich. »Braucht ihr weitere Informationen über Dora Mastrantonio?«

»In gewisser Weise«, antwortete Bob zögerlich. »Doch eigentlich geht es um etwas anderes. Wir haben da ein Band. Die Aufnahme einer verzerrten Stimme. Wir fragen uns, ob es möglich ist, die Stimme wieder so hörbar zu machen, wie sie ursprünglich war.«

»Hm«, machte Higman. »So etwas ist meist nicht einfach. Es kommt darauf an, mit welchen Mitteln die Stimme verfremdet wurde. Wenn nur ein oder zwei elektronische Verzerrer am Werk waren und es mir gelingt, diese rückgängig zu machen, schaffe ich es vielleicht. Aber wenn es darüber hinausgeht, ist es fast unmöglich. Ich müsste die Aufnahme mal hören. Habt ihr das Band dabei?« Er streckte die Hand aus.

»Schon«, sagte Bob. »Es ist nur …«

»Der Inhalt des Gesprochenen könnte etwas befremdlich anmuten«, übernahm Justus das Wort. »Wir bitten Sie, dem nicht allzu viel Bedeutung beizumessen.«

Darren Higman lachte. »Mich kann so schnell nichts schocken.«

»Wie Sie meinen.« Justus händigte ihm das Band aus, und Mr Higman ging zu seiner Anlage, um es einzulegen. Mit tastenden Fingern schaltete er sie ein und drehte die Lautstärke hoch.

Die sechs Minuten lange Aufnahme lief durch,

ohne dass jemand sprach. Doch die drei ??? konnten beobachten, wie aus Higmans Gesicht langsam die Farbe wich und er stocksteif und mit offenem Mund lauschte.

»Das ist nicht euer Ernst!«, sagte er und lachte unsicher. »Bin ich bei der ›Versteckten Kamera‹ oder so etwas? Das wäre wirklich gemein, denn bei mir müsstet ihr die Kamera nicht einmal verstecken. Was geht hier vor?«

»Das Band ist echt«, erklärte Justus. »Die Frau, die Sie sprechen hörten, ist Bernadette O'Donnell, eine alte Freundin von Mrs Mastrantonio. Die Phantomstimme hingegen ... nun, wir hatten gehofft, Sie könnten uns sagen, wer da spricht. Deshalb sind wir zu Ihnen gekommen.«

»Aber das ist doch nicht wirklich passiert!«, fuhr Higman fort. »Diese ... diese Geisterbeschwörung! Die hat tatsächlich stattgefunden? Wann? Wieso? Mit wem? Entschuldigt, aber wenn ich euch helfen soll, dann möchte ich auch die Hintergründe kennen. Das ist einfach unglaublich!«

Die drei ??? tauschten fragende Blicke aus. Schließlich nickte Justus dem dritten Detektiv zu, und Bob begann, Darren Higman die Einzelheiten des Falls zu berichten. Higman kam aus dem Staunen nicht heraus.

»Justus glaubt nicht, dass es wirklich Doras Geist ist, der dort spricht«, schloss Bob seinen Bericht. »Daher war mein Gedanke, die Meinung eines Fachmanns einzuholen und Ihnen das Band vorzulegen.«

»Ich muss es mir noch einmal anhören!«, sagte Darren Higman und spulte die Kassette zurück. Er wirkte nervös. Trotzdem sahen die drei Detektive ihm an, dass er Feuer gefangen hatte. »Wisst ihr, das ist so ziemlich die unglaublichste Geschichte, die ich je gehört habe. Aber wenn ich euch helfen kann, den Fall zu lösen, tue ich das natürlich gern. Schon allein deshalb, um Mrs Mastrantonios Andenken nicht zu gefährden. Die Vorstellung, dass wirklich ihr Geist in ihrer Villa umgeht, ist grauenhaft!«

Higman startete das Band und lauschte. Dann schaltete er seinen Computer ein und startete einige Programme. Dazu benutzte er keine Maus, sondern ausschließlich die Tastatur. Es gab auch keinen Bildschirm, stattdessen las eine Sprachausgabe auf Befehl vor, an welcher Stelle des Programms Higman sich gerade befand. Diese Hilfe nahm er jedoch nur selten in Anspruch, da er das meiste auswendig wusste. Es war faszinierend, ihm bei seiner Arbeit zuzusehen.

Als das Programm aktiviert war, ließ er die Aufnahme ein drittes Mal laufen. »Ich digitalisiere die Aufnahme jetzt, dann kann ich sie besser bearbeiten«, erklärte Higman. »Das meiste werde ich mit meinen Mischpulten und Reglern machen können, den Rest mit der Tastatur. Ich habe mir die Sound- und Musikprogramme des Computers so einrichten lassen, dass ich auf den Monitor und die Maus komplett verzichten kann. Mauspfeile sind für blinde User ein echter Horror!«

Nach einigen Minuten war die Phantomstimme vom Rest der Aufnahme isoliert und wurde nun in einer Endlosschleife wiedergegeben. Dann begann Higman, mit der Stimme zu experimentieren. Er verschob Regler oder drückte einige Tasten und die Stimme wurde heller oder dunkler, schneller oder langsamer, klang plötzlich eiskalt elektronisch oder samtweich wie das Schnurren einer Katze. Manchmal näherte er sich einer normalen menschlichen Stimme dabei an, dann entfernte er sich wieder von ihr.

Justus, Peter und Bob verfolgten Higmans Arbeit gebannt. Die Finger des Blinden flogen geradezu über sein Pult und entlockten der Phantomstimme immer wieder eine neue Nuance. Schließlich waren das Rauschen und der blecherne Klang weitgehend eliminiert, die Stimme klang jedoch immer noch seltsam fremdartig.

»Es tut mir leid, besser kriege ich es nicht hin«, seufzte Mr Higman.

»Das ist schon ein bedeutender Fortschritt!«, sagte Justus begeistert. »Ich bin sehr beeindruckt!«

»Danke schön. Erkennt ihr die Stimme nun?«

»Erkennen?«, fragte Bob. »Nein. Sollten wir?«

Darren Higman zuckte mit den Schultern. »Es hätte ja sein können. Wisst ihr, ich habe einige hundert Aufnahmen der Mastrantonio. Liveaufnahmen, Studioeinspielungen, aber auch Radio- und Fernsehinterviews – eigentlich alles, was man kriegen kann. Hinzu kommt, dass ich ohnehin mehr höre als sehende Menschen. Was für euch ein Gesicht ist, ist für mich eine Stimme. Eine Stimme verrät eine Menge über einen Menschen. Und Dora Mastrantonios Stimme kenne ich vermutlich besser als jede andere.«

»Was heißt das?«, fragte Peter gespannt. »Ist es nun Dora auf dem Band oder nicht?«

»Die Aufnahme wurde stark verfremdet. Sehr stark. Aber trotzdem lässt sich das Charakteristische einer Stimme, die Seele, die mitschwingt, auf diese Weise nicht komplett ausmerzen. Deshalb kann ich eines mit absoluter Sicherheit sagen: Wer immer da gesprochen hat, es war nicht Dora Mastrantonio.«

Das Testament

»Wirklich absolut sicher?«, hakte Justus nach.

»Ja.«

Justus schlug mit der flachen Hand auf seinen Oberschenkel. »Ich wusste es! Nichts als fauler Zauber! Mr Higman, würden Sie diese Aussage vor Zeugen wiederholen? Beispielsweise vor Mrs Mastrantonios Freundinnen?«

»Selbstverständlich. Beweisen kann ich es natürlich nicht. Aber ich denke, dass mir auch weniger hörbegabte Mastrantonio-Kenner jederzeit zustimmen würden.«

»Mr Higman, wir danken Ihnen!«, sagte Justus. »Sie waren eine unschätzbare Hilfe! Wir müssen uns nun allerdings verabschieden. Wir haben noch einen wichtigen Termin!«

»Ach ja?«, fragte Peter. »Davon weiß ich ja gar nichts.«

»Wir müssen noch einmal zur Villa«, erklärte der Erste Detektiv. »Ich habe heute Morgen mit Mrs O'Donnell telefoniert und herausgefunden, dass dort am Nachmittag niemand zu Hause ist. Ihr ungeheuerlicher Verdacht von gestern Abend hat nach unserem Abschied noch einen gewaltigen Krach verursacht. Daher sind heute erst mal alle Damen ausgeflogen. Das Übliche: Shoppen, Friseur und so weiter. Am Abend werden sie wieder zurück sein, daher bleibt uns nicht viel Zeit.«

»Aber warum sollen wir denn zur Villa fahren, wenn eh niemand da ist?«, fragte Peter verständnislos.

»Eben *weil* niemand da ist, Zweiter!«

Diesmal hielten sich die drei Detektive auf der anderen Seite der Mastrantonio-Villa auf. So liefen sie nicht Gefahr, von der neugierigen Mrs Willow entdeckt zu werden. Sie waren spät dran. Niemand wusste genau, wann die Bewohnerinnen des Hauses zurück sein würden. Die Wolken hatten sich zu einer dichten bleigrauen Masse zusammengeballt und verdüsterten den Himmel noch mehr. Jeden Augenblick konnte es anfangen zu regnen.

»Und wie kommen wir da jetzt rein?«, fragte Peter.

»In dieser Frage hatte ich eigentlich ganz auf dich gebaut«, gestand Justus. »Schließlich gibt es keine Tür, die du mit deinen Dietrichen nicht öffnen kannst.«

»Keine normale Tür«, widersprach Peter. »Aber das hier ist eine Villa! Es würde mich wundern, wenn es hier keine Sicherheitsschlösser gäbe.«

»Es gibt natürlich noch eine weitere Möglichkeit«, sagte Bob und wies nach oben. Im ersten Stock stand ein Fenster offen. Es war allerdings vergittert. »Meinst du, du passt da durch?«

»Ich?«, echote Peter. »Wieso denn immer ich?«

»Weil du der Schlankste von uns bist.«

»Da wäre ich mir nicht so sicher, Bob. Du bist kleiner und schmaler als ich. Wie wäre es, wenn du es zur Abwechslung mal probierst?«

»Ich komme da aber nie im Leben hoch.«

Der Zweite Detektiv grinste. »Das werden wir ja sehen!«

Drei Minuten später stand Bob mit zitternden Beinen auf Peters Schulter. Peter hielt seine Knöchel fest und wankte bedenklich unter Bobs Gewicht. Justus stand an der Ecke Schmiere, warf jedoch immer wieder einen besorgten Blick zu seinen Freunden.

»Du bist zu weit von der Wand weg, Peter!«, zischte Bob. »So komme ich nie an das Fenster ran!«

»Wenn du dich entscheiden könntest, endlich mal gerade zu stehen, würde ich auch einen Schritt nach vorne wagen!«

»Wie denn, wenn du so wackelst!«

Peter machte einen kleinen Schritt und sofort geriet Bob ins Taumeln. Er ruderte mit den Armen, fiel nach vorn und konnte sich gerade noch an dem schmiedeeisernen Gitter festhalten.

»Was treibt ihr denn da!«, raunte Justus.

»Kümmre du dich ums Schmierestehen!«, fauchte Bob.

Doch Justus konnte nicht an sich halten. Er prustete los. »Jetzt weiß ich wieder, warum das normalerweise Peters Job ist. Du siehst wirklich albern aus, Bob!«

»Wir können gerne tauschen!«

Peter eilte dem dritten Detektiv zu Hilfe und stemmte ihn mit einer gewaltigen Kraftanstrengung hoch genug, damit Bob mit beiden Füßen sicheren Halt in dem Gitter fand. Die Eisenstäbe waren tatsächlich weit genug auseinander, dass er sich hindurchquetschen konnte. Einige Augenblicke später war Bob im Inneren der Villa.

Da keiner der Detektive zuvor im oberen Stockwerk des Hauses gewesen war, brauchte Bob einen Moment, um sich zurechtzufinden. Er war in einem Schlafzimmer. Es war sehr nüchtern eingerichtet, in den Ecken standen noch unausgepackte Kartons. Auf einer Kommode waren gerahmte Fotos aufgestellt. Auf einigen war Cecilia Jones mit einem dunkelhaarigen, gut aussehenden Mann zu sehen – ihrem verstorbenen Ehemann, wie ein Hochzeitsbild bewies.

Bob riss seinen Blick los und eilte in den Flur und von dort die Treppe hinunter zur Haustür. Sie war nicht abgeschlossen. Peter und Justus warteten schon auf der anderen Seite.

»Wie habe ich das gemacht?«

»Großartig, Bob.«

»Kommt, so schlecht war ich wirklich nicht!«

»Nö«, meinte Peter. »Du hast zwar ausgesehen wie ein nasser Sack an der Wäscheleine, aber sonst war's okay.«

Justus und Peter betraten die Villa und Bob schloss die Tür hinter ihnen.

»In Ordnung, wir sind drin«, stellte Peter fest. »Und nun? Was suchen wir eigentlich, Just?«

»Keine Ahnung. Alles. Versuchen wir, uns ein Bild

von unseren drei Grazien zu machen. Was tun sie? Was haben sie früher getan? Wie gut war ihr Verhältnis zu Dora tatsächlich? Haltet nach Papieren Ausschau, die Auskunft über ihre Vermögensverhältnisse geben. Nach persönlichen Dingen. Na ja, nach allem halt. Am besten teilen wir uns auf. Ich nehme mir erst mal das untere Stockwerk vor, ihr beide geht nach oben!«

Unten befanden sich die Küche, ein Bad, das Esszimmer und der Salon, den die drei Detektive schon kannten. Außerdem die Eingangshalle mit der Treppe und eine kleine Vorratskammer. Es war bereits ziemlich dunkel, doch Justus wagte nicht, das Licht einzuschalten. Hier und da waren noch Umzugskartons verstreut. Justus öffnete vorsichtig einen nach dem anderen, doch er fand nur Bücher und Geschirr. Auch der Rest des Stockwerks war absolut gewöhnlich und unauffällig. Schon nach zehn Minuten hatte Justus keine Ahnung mehr, wo er noch suchen sollte. Ratlos stand er vor der mehrere zehntausend Dollar teuren Musikanlage, die sogar Phantomstimmen in glasklarem Klang wiedergeben konnte. Aber Dora war Sängerin und Musikliebhaberin gewesen. Diese Anlage war überhaupt nichts Ungewöhnliches, so befremdlich sie auch im ersten Moment inmitten des altmodischen Mobiliars wirken mochte.

Justus ließ seinen Blick über die zahllosen Bedienungsfelder und Displays wandern, über den CD-Player, die beiden Tapedecks mit dem Mikrofon … Justus stutzte. Wieso war dort ein Mikrofon angeschlossen? Hatte Dr. Jones nicht gesagt, es gäbe keines?

»Just!« Der Erste Detektiv zuckte zusammen. Peter hatte sich ihm lautlos von hinten genähert. »Just, komm her, Bob hat was gefunden!«

»Musst du mich so erschrecken! Sieh mal, was ich gerade entdeckt habe!«

»Was immer es ist, es ist nicht so spektakulär wie Bobs Entdeckung!« Der Zweite Detektiv packte Justus beim Arm und zerrte ihn mit ins obere Stockwerk.

Bob stand im Arbeitszimmer von Mrs Mastrantonio und hielt einen Stapel Papier in der Hand, dessen oberstes Schriftstück er aufmerksam studierte. Als Justus den Raum betrat, hielt er es ihm unter die Nase. »Das habe ich in der Schreibtischschublade gefunden. Sie war abgeschlossen. Aber das war für Peter natürlich kein Problem.«

»Was ist denn das?«

»Der Oberhammer! Lies selbst!«

Justus betrachtete das Papier. Es war mit schwarzer Tinte in einer schön geschwungenen Handschrift beschrieben. Er las den Text. Dann las er ihn noch mal. Und noch mal. Schließlich sagte er: »Ein Testament.«

»Eine Testamentsänderung«, korrigierte Bob ihn. »Von Dora Mastrantonio. Sie lag gleich ganz oben auf dem Stapel.«

»Mit diesem Schriftstück verfügt sie, dass im Falle ihres Todes die Villa nicht, wie ursprünglich geplant, in den Besitz von Elouise Adams übergeht, sondern dass Bernadette O'Donnell alles erben soll! Das ist ja –«

»Der Oberhammer! Sag ich doch.«

»Das heißt also, dass die Villa gar nicht Mrs Adams gehört«, sagte Peter. »Sondern Mrs O'Donnell!«

Justus runzelte die Stirn, ohne die Augen von dem Papier zu wenden. Dann schüttelte er langsam den Kopf. »Nein, das heißt es nicht. Es war von Dora so geplant, ja. Aber dies hier ist bloß ein Entwurf, kein endgültiges Testament. Es ist mit der Hand geschrieben, trägt keine Unterschrift von einem Notar und hat keinen Stempel. Ich bin nicht sicher, ob es rechtskräftig ist. Das gültige Testament war sicher beim Notar verwahrt. Und in diesem ist Mrs Adams die Erbin.«

»Und was bedeutet das nun?«, fragte Peter.

»Es bedeutet, dass Dora vorhatte, ihr Testament zu ändern und Mrs O'Donnell als Erbin einzusetzen. Sieh aufs Datum! Dora hat diesen Entwurf nur wenige Tage vor ihrem Tod verfasst. Vermutlich hatte sie vor, damit zu ihrem Notar zu gehen und die Änderung vornehmen zu lassen. Doch offensichtlich ist dies nie geschehen, denn letztlich ist Mrs Adams die Erbin geblieben. Und warum?«

Einen Moment lang sprach niemand ein Wort. »Weil sie vorher umgebracht wurde!«, flüsterte Peter entsetzt. »Aber das heißt ja, dass ...«

»Dass es nun endlich jemanden gibt, der ein Motiv gehabt hätte, Mrs Mastrantonio zu töten. Jemanden, der verhindern wollte, dass diese Testamentsänderung rechtskräftig wird.«

»Elouise Adams«, sagte Bob.

Plötzlich erhellte ein Blitz den Raum. Die drei Detektive zuckten zusammen.

»Jetzt geht das Gewitter los«, bemerkte Peter.

Doch Justus schüttelte den Kopf. »Das ist kein Gewitter! Jemand hat uns fotografiert! Von draußen!« Der

Erste Detektiv hastete zum Fenster, doch Bob hielt ihn im letzten Moment zurück und zog ihn in einen toten Winkel des Raumes, der vom Fenster aus nicht einzusehen war.

»Bist du verrückt! Wenn da draußen wirklich jemand ist, der uns hier sehen kann, sind wir dran! Wir sind in die Villa eingebrochen, Just, schon vergessen?«

Justus riss sich wütend los. »Ganz offenbar sind wir bereits gesehen worden oder wie erklärst du dir den Blitz? Ich will wissen, wer das Foto gemacht hat!« Er schob sich vorsichtig an das Fenster heran und riskierte einen Blick nach draußen. Von hier aus konnte er einen Teil des Rosengartens, die Straße und das Haus der Willows überblicken. Die regenschweren Wolken waren nun fast schwarz. »Niemand zu sehen. Das heißt… Moment mal!«

Ein Wagen fuhr die Straße entlang, wurde langsamer und stoppte schließlich vor dem Grundstück. Die Tür wurde geöffnet und die Fahrerin stieg aus.

»Kollegen!«, rief Justus. »Wir müssen abhauen!«

»W… was ist denn los?«, fragte Peter ängstlich.

»Dr. Jones! Sie kommt zurück!«

Tag der Entdeckungen

»Oh nein!«, rief Peter. »Was machen wir denn jetzt? Sie darf uns hier nicht sehen!«

»Sag ich doch, abhauen! Bob, die Papiere nehmen wir mit!«

Der dritte Detektiv stopfte den Stapel in seinen Rucksack. In Windeseile hatten die drei ??? das Arbeitszimmer verlassen und waren auf der Treppe nach unten. Doch da klapperte schon ein Schlüssel im Schloss.

»Zu spät!«, zischte Peter. »Was jetzt?«

»Durchs Fenster!«

Sie machten kehrt und schlüpften in Dr. Jones' Schlafzimmer. Keine Sekunde zu früh, denn kaum hatte Bob als Letzter den Raum betreten, öffnete sich auch schon die Haustür, und Dr. Jones kam, mit dicken Einkaufstüten bewaffnet, herein. Bob beobachtete sie durch den Türspalt. Wenn sie in den Salon ging, konnten sie es wagen, durch die Eingangstür zu verschwinden. Doch sie ging nicht in den Salon. Sie steuerte direkt auf die Treppe zu.

»Sie kommt hierher!«, raunte Bob. »Wir müssen weg!«

Peter war schon am Fenster. Die Gitterstäbe waren eng, und für einen Augenblick befürchtete er, mittendrin stecken zu bleiben. Doch dann quetschte er sich mit aller Kraft hindurch und sprang hinunter in den Garten.

Danach war Bob an der Reihe. Er hatte keine Schwierigkeiten, auf die andere Seite zu kommen, und war sogar noch schneller unten.

»Jetzt du, Just!«, raunte Bob.

Doch der Erste Detektiv rührte sich nicht.

»Just?«

»Ihr Witzbolde!«, zischte er schließlich. »Könnt ihr mir verraten, wie ich das schaffen soll? Ich bin nicht ganz so spargelig wie ihr, schon vergessen?« Justus steckte probeweise seinen Arm durch das Gitter, doch bereits an der Schulter ging es nicht weiter. Es hatte keinen Zweck.

»Versteck dich!«, rief Peter.

Schon näherten sich Schritte der Tür. Justus hatte keine Wahl. Er warf sich auf den Boden und rollte in letzter Sekunde unter das Bett.

Die Tür öffnete sich und Dr. Jones kam herein, warf die Einkaufstaschen auf das Bett und ließ sich seufzend auf einen Stuhl in der Ecke fallen. Justus zog die Beine an, um nicht entdeckt zu werden.

Dr. Jones blieb eine Minute lang reglos sitzen, dann stemmte sie sich wieder hoch und verließ den Raum. Justus spitzte die Ohren. Irgendwo rauschte Wasser, vermutlich war Dr. Jones im Bad. Jetzt oder nie!

Er robbte unter dem Bett hervor, rappelte sich auf und schlich auf den Flur. Niemand war zu sehen. So leise wie möglich lief er die Treppe hinunter, öffnete lautlos die Tür und verließ die Villa unbemerkt.

»Pst! Just! Hierher!«

Bob und Peter hockten hinter einer Holzbank im Garten. Sie war so dicht von Rosen umwuchert, dass die beiden Detektive kaum zu sehen waren. Justus gesellte sich zu ihnen in das Versteck. »Das ist gerade noch mal gut gegangen. Ich hatte wirklich gedacht, uns bliebe etwas mehr Zeit für die Hausdurchsuchung.«

»Das Wichtigste scheinen wir ja gefunden zu haben«, bemerkte Bob und tätschelte seinen Rucksack. »Und jetzt nichts wie weg hier!«

»Moment!«, mahnte Justus. »Habt ihr schon den

zweiten Auftrag vergessen, den wir zu erledigen haben? Die Spur des Unbekannten am Fenster! Es kann jede Sekunde anfangen zu regnen, dann ist die Spur ruiniert.«

»Wenn es eine gibt«, fügte Bob hinzu.

»Wenn es eine gibt. Dr. Jones ist im oberen Stockwerk. Wenn wir an der Hauswand entlangschleichen, sieht sie uns nicht! Los, kommt, bevor die anderen Hausherrinnen auch noch hier aufkreuzen!«

Sie verließen ihre Deckung und umrundeten die Villa, bis sie auf der anderen Seite unter den Salonfenstern standen. Das Tageslicht reichte gerade noch aus, um das Blumenbeet zu inspizieren.

Die Mehlspur war nicht sehr ausgeprägt, aber trotzdem deutlich zu erkennen.

»Es hat funktioniert, Just!«, rief Peter aufgeregt.

»Schhh!«, machte Bob. »Wenn du weiter so rumschreist, hört Dr. Jones uns doch noch.«

»Es hat funktioniert, in der Tat. Der Fremde ist in den Mehlfleck getreten, als er uns durch das Fenster beobachtete, und hat die Spur weitergetragen. Jetzt stellt sich nur noch die Frage: wie weit und wohin?«

Ein erster Regentropfen fiel auf Justus' Nase. Schnell wurde der Regen stärker. Jetzt durften sie keine Zeit verlieren. Die drei ??? beugten sich tiefer über den Rasen und verfolgten die Mehlspur ein Stück die Hauswand entlang und schließlich zur Hecke, die den Rosengarten vom Grundstück der Willows trennte. Dort verschwand sie mitten im dornigen Gestrüpp.

»Wie soll ich das denn verstehen?«, fragte Peter. »Der Unbekannte ist in der Hecke verschwunden?«

Er sah nach oben. »Er wird ja wohl kaum drübergesprungen sein, dazu ist sie viel zu hoch.«

Justus untersuchte die Hecke genauer. Sie war an dieser Stelle ohne Zweifel genauso dicht wie überall sonst. Aber trotzdem war irgendwas anders. Der Erste Detektiv betastete die Blätter, den Boden, den Stamm – und hatte plötzlich ein Stück Hecke in der Hand.

»Was ist das denn?«, fragte Bob irritiert. »Ist die Hecke etwa künstlich?«

Justus betrachtete den kleinen Strauch in seiner Hand und das entstandene Loch genauer. »Nein, nicht künstlich. Aber jemand hat eine Lücke hineingeschnitten und diese dann mit einem Ableger wieder verschlossen. Es fällt überhaupt nicht auf, aber den Ableger kann man mitsamt seines Wurzelballens jederzeit herausnehmen.«

»Genial einfach«, fand Peter. »Dann ist der Fremde also bei unserer ersten Séance durch dieses Loch verschwunden. Logisch, dass wir das in der Dunkelheit nicht gesehen haben.«

»Jetzt ist nur noch die Frage, wohin das Loch führt«, sagte Justus.

»Na, in den Garten der Willows«, sagte Bob.

»Sicher?« Der Erste Detektiv ließ sich auf alle viere nieder und begann, durch die Öffnung in der Hecke zu kriechen. Doch statt des akkurat geschnittenen Rasens auf dem Nachbargrundstück erwartete ihn eine Holzwand. Er klopfte dagegen. Es klang hohl, die Wand war nicht sehr dick. Justus drückte dagegen und sie gab nach und schwang an einem Scharnier nach oben. »Hab ich's mir doch gedacht!«, murmelte Justus und kroch weiter, mitten hinein in fast absolute Dunkelheit. Nur sehr schwach drang graues Licht durch ein winziges schmutziges Fenster.

Er stand auf und wartete, bis Bob und Peter ihm gefolgt waren. »Hat mal jemand Licht?«

Einen Moment später ließ Bob sein Sturmfeuerzeug aufflammen, und die drei Detektive begriffen, wo sie sich befanden.

»Das ist ja ein Geräteschuppen!«, stellte Peter fest, als er den Rasenmäher in der Ecke, die kleine Werkbank und die Gartengeräte an den Wänden sah.

»Schnell erkannt«, meinte Justus. »John Willows Geräteschuppen, der direkt an die Hecke grenzt. Offenbar hat jemand eine kleine Geheimtür in die Wand eingebaut, um jederzeit unbemerkt Zutritt zum Grundstück seiner lieben Nachbarn zu haben. Kollegen, heute ist der Tag der unerwarteten Entdeckungen!« Justus beugte sich hinunter, verschloss die Lücke in der Hecke und klappte die Geheimtür zu. Sie war von dieser Seite aus so gut wie unsichtbar.

Die drei Detektive blickten sich um, während der Regen immer heftiger auf das Holzdach über ihren Köpfen prasselte. Auf einem Regal lagen alte Blumentöpfe. Bob hob ein paar davon hoch. Durch die verschmierte Scheibe des kleinen Fensters konnte man das Haus der Willows sehen. Dort brannte Licht.

»Abgesehen von der Geheimtür, birgt dieses Häuschen aber keine Offenbarungen mehr«, stellte Peter nach einer Weile fest. »Es ist ein Geräteschuppen, nichts weiter.«

»Licht aus!«, zischte Justus plötzlich, und Bob ließ augenblicklich das Feuerzeug zuklappen. »Da draußen tut sich etwas!«

Die drei Detektive drängten sich um das Fenster herum und blickten hinaus. Die Haustür hatte sich geöffnet und Mrs Willow trat hinaus in den strömenden Regen.

»Nun komm schon, John, oder willst du erst warten, bis ich völlig durchnässt bin?«, keifte Mrs Willow. Zum Schutz gegen das scheußliche Wetter trug sie ein geblümtes Kopftuch aus Plastik und zog die Schultern hoch.

»Geh doch schon zum Wagen!«, kam Mr Willows entnervte Stimme aus dem Haus.

Mrs Willow eilte zur Straße, kurz darauf verließ auch ihr Mann das Haus, zog die Tür zu und ging ihr nach. Auch er trug einen Schutz gegen die Nässe: einen schwarz glänzenden Regenmantel.

Im Keller des Killers

»Seht doch!«, flüsterte Peter aufgeregt. »Der Regenmantel! Genau den gleichen trug der Unbekannte am Fenster!«

»John Willow«, sagte Justus. »Dann war er es also wirklich.«

Die drei Detektive beobachteten, wie Mr Willow das Grundstück verließ und in ein Auto stieg, in dem seine Frau bereits Platz genommen hatte.

Dann wurde der Wagen gestartet und sie fuhren davon.

»Nun stellt sich nur noch die Frage, was Mr Willow dort drüben zu suchen hatte«, fuhr der Erste Detektiv fort.

»Vielleicht war er nur neugierig«, überlegte Bob.

»Wie seine Frau? Das glaube ich nicht. Ich hege eher den Verdacht, dass er etwas mit den Nachrichten aus dem Jenseits zu tun haben könnte. Fragt mich nicht, auf welche Weise – aber wir könnten es vielleicht herausfinden. Da wir schon mal hier sind …« Justus öffnete die Tür nach draußen. Eisiger Regen peitschte herein.

»Was hast du vor, Just?«, fragte Bob.

»Ich dachte, das sei klar. Wir sehen uns ein wenig beim Ehepaar Willow um.«

»Aber Just!«, begehrte Peter auf.

»Kommt schon, so eine günstige Gelegenheit kommt nie wieder!«

»Ich weiß nicht«, murmelte der Zweite Detektiv. »Findest du nicht, das geht zu weit? In der Villa herumzuschnüffeln, ist eine Sache. Schließlich gehen da drüben seltsame Dinge vor sich und wir ermitteln in diesem Fall. Aber was haben die Willows damit zu tun?«

»Mr Willow hat zweimal am Fenster gestanden und uns beobachtet«, erinnerte Justus. »Ist das nicht Grund genug, der Sache nachzugehen?«

»Und wenn es bloß Zufall war?«, fragte Peter zaghaft.

»Zufall«, echote Justus. »Wie oft stehst du zufällig

vor den Fenstern deiner Nachbarn, Peter? Nein, es war kein Zufall. Mr Willow hat irgendwas mit der Sache zu tun. Und wir haben gerade die Gelegenheit, das Rätsel zu lösen. Wir sollten sie nicht ungenutzt verstreichen lassen.«

Der Erste Detektiv wartete keine Antwort ab und trat hinaus in das Unwetter. Geduckt eilte er zum überdachten Hauseingang, der allerdings nur wenig Schutz vor dem Regen bot. Peter folgte ihm notgedrungen.

»Los, Zweiter, mach dich ans Werk! Ich denke mal, dass dies kein Sicherheitsschloss ist, oder? Aber beeil dich, wir wollen doch keine Pfützen im Haus hinterlassen. Wo bleibt denn Bob?«

»Keine Ahnung. Er hat irgendwas gesucht, glaube ich«, sagte Peter, während er das Schloss inspizierte.

Der dritte Detektiv kam einige Augenblicke später. Er grinste breit. »Vergiss dein Dietrichset, Peter, ich habe etwas Besseres!« Er öffnete seine Faust.

»Ein Schlüssel? Wo hast du denn den her?«

»Er lag im Schuppen unter einem der Blumentöpfe. Ich wette, es ist der Ersatzschlüssel für die Haustür.«

»Und woher wusstest du davon?«

»Jeder hat irgendwo einen Ersatzschlüssel deponiert. Entweder unter der Fußmatte oder in der Regenrinne oder in einem Blumentopf. Das ist doch ein alter Hut!« Siegessicher probierte Bob den Schlüssel – doch er passte nicht.

»Ein alter Hut, ja?«, spottete Peter. »Das war wohl nichts, Bob! Da muss ein Experte ans Werk!« Er zog sein kleines schwarzes Etui hervor, in dem er die Dietriche aufbewahrte, und machte sich sogleich an die

Arbeit. In weniger als einer Minute stand die Tür offen. »Kinderkram.«

»Wenn wir dich nicht hätten, Zweiter.«

»Du sagst es, Erster.«

Die drei Detektive betraten das Haus der Willows. Auch hier machten sie kein Licht, aus Angst, entdeckt zu werden. Anfangs bewegten sie sich im Schein von Bobs Feuerzeug vorwärts, dann fand Justus eine Taschenlampe. Er deckte den Lichtstrahl mit der Hand ab und in diesem schwachen Schein erkundeten sie das Haus.

Es war wesentlich kleiner als die Mastrantonio-Villa und bestand im Grunde nur aus Küche, Bad, Wohn- und Schlafzimmer. Jeder Raum war gleich scheußlich eingerichtet, und schon nach fünf Minuten war es für die drei ??? schwer vorstellbar, dass sich noch irgendein Geheimnis in diesem Haus verbarg.

»Vergessen wir's einfach«, schlug Peter vor. »Hier finden wir nichts mehr.«

Bob nickte. »Glaube ich auch. Es sei denn, in den Häkeldeckchen ist ein verstecktes Schatzkartenmuster eingearbeitet oder so. Aber ich bezweifle es. Die Willows sind so bieder und langweilig wie ihr Haus. Da gibt es kein Geheimnis. Komm, Just, wir gehen.«

Der Erste Detektiv verzog das Gesicht. Er konnte seinen Freunden nicht widersprechen – auch er glaubte nicht, dass sie noch fündig werden würden. Trotzdem ging es ihm gegen den Strich, so schnell aufzugeben. »Der Keller!«, fiel es ihm ein. »Wir waren noch nicht im Keller!«

Peter runzelte die Stirn. »Meinst du, da finden wir was anderes als die Heizungsanlage?«

»Wir werden sehen. Und wenn es nur der Vollständigkeit halber ist: Wir müssen in den Keller.«

Die steinerne Treppe war steil, an den Wänden glänzten feuchte Flecken. Eine nackte Glühlampe baumelte unter der Decke, doch sie war so schwach, dass sie mehr Schatten als Licht zu spenden schien. Es gab drei Holztüren. Hinter der ersten befand sich ein Vorratskeller voller Konserven und mit einer Gefriertruhe. Hinter der zweiten stand die erwartete Heizungsanlage. Die dritte Tür war verschlossen.

»Ich finde, verschlossene Türen haben für einen Detektiv etwas ungemein Reizvolles«, sagte Justus. »Peter? Was meinst du? Wieder Kinderkram?«

Peter beugte sich über das Schloss, doch da trat Bob heran und schwenkte den Schlüssel aus dem Geräteschuppen. »Es ist unwahrscheinlich, aber …«

»Probier's!«, forderte Justus ihn auf, und Bob steckte den Schlüssel in das Schloss.

Er passte. Und er ließ sich herumdrehen. Das Schloss gab mit einem Klicken nach.

»Wenn jemand den Schlüssel für einen Kellerraum in einem Gartenhäuschen versteckt …«, überlegte Bob.

»Dann ist das, was sich in diesem Keller befindet, vermutlich nicht für jedermann bestimmt«, führte Justus den Satz zu Ende. Dann drückte er die Klinke herunter und die Tür schwang auf.

Die drei Detektive konnten nicht glauben, was sie sahen. Stumm vor Schreck standen sie in dem kleinen Kellerraum und ließen die Blicke über die Wände und den altarähnlich hergerichteten Tisch wandern.

Dora Mastrantonio, so weit das Auge reichte. Die Wände waren tapeziert mit Fotos und Zeitungsausschnitten der Opernsängerin in allen Größen. In der Ecke befand sich ein kleines Regal, in dem ein gutes Dutzend Mastrantonio-CDs und ein tragbarer CD-Player lagen. Auf dem Tisch standen eingerahmt einige Fotos, die meisten selbst gemachte Schnappschüsse, von Dora Mastrantonio in ihrem Rosengarten oder in ihrem Haus. Auf einigen Fotos war auch Elouise Adams zu sehen, auf wenigen Mrs O'Donnell und Dr. Jones, manchmal auch Menschen, die die drei ??? nicht kannten. Auf den Abzügen waren in der rechten unteren Ecke das Datum und die genaue Uhrzeit eingeblendet, wie man es mit einigen automatischen Kameras machen konnte. Laut dieser Einblendungen waren die Bilder im Laufe mehrerer Jahre aufgenommen worden.

»Mein Gott!«, brachte Peter schließlich hervor. »Seht euch das an!«

»Mr Willow scheint ein großer Mastrantonio-Verehrer zu sein«, stellte Justus sachlich fest. »Ich nehme doch stark an, dass dies sein Keller ist und nicht der seiner Frau. Vermutlich weiß diese gar nicht, was sich hinter dieser Tür verbirgt.«

»Verehrer?« Peter lachte bitter. »Das ist eine schamlose Untertreibung, Just. Sieh dich doch um! Er ist besessen von ihr! Die Fotos hat er alle selber geschossen! Er hat durch verschiedene Fenster ins Haus fotografiert. Meint ihr… meint ihr, dass er auch uns fotografiert hat? Vorhin im Arbeitszimmer, meine ich, als es plötzlich blitzte.«

»Sehr wahrscheinlich ja«, sagte Justus. »Ich habe draußen niemanden gesehen. Aber ist euch aufgefallen, dass man vom Schlafzimmerfenster der Willows aus direkt in die Mastrantonio-Villa schauen kann? Vermutlich hat er das Bild von dort aus gemacht. Wie so viele andere auch. Seht mal hier, Dora im Bademantel.«

»Und hier knutscht sie mit einem Kerl rum«, sagte Bob und tippte auf eines der eingerahmten Bilder. »He, Moment mal, den Typ kenne ich doch!«

»Was sagst du da?«

»Klar, ich habe ihn schon mal gesehen. Vor gerade mal einer knappen Stunde auf einem anderen Foto im Schlafzimmer von Dr. Jones. Das ist Cecilia Jones' Mann, Gilbert!«

»Ist nicht dein Ernst!«, rief Justus.

»Doch! Das Gesicht ist unverkennbar. Und es war ein Hochzeitsbild, es muss also ihr Mann gewesen sein. Er ist erst vor Kurzem gestorben, nicht wahr?«

»Vor vier Monaten«, sagte Justus. »Eine Woche vor Doras Tod. Sieh an, sieh an, die beiden hatten also eine Affäre. Dora hat wirklich nichts anbrennen lassen. Erst macht sie sich an Elouises Mann heran, dann an Cecilias. Wenn Bernadette verheiratet gewesen wäre, hätte Dora sich ihren Gatten wahrscheinlich auch noch gekrallt. Ob es ein Zufall ist, dass Gilbert und Dora so kurz hintereinander gestorben sind?«

»Nein«, sagte Peter mit Grabesstimme, und plötzlich jagte ein kalter Schauer durch seinen Körper.

»Seht ihr denn nicht, was das hier ist? Und was es bedeutet?«

»Was meinst du?«

»Mr Willow ist nicht nur ein Mastrantonio-Fan. Er war verrückt nach ihr! Er hat heimlich Hunderte von Bildern von ihr gemacht! Und nicht nur das, er ist sogar über ihren Tod hinaus von ihr besessen und schießt noch Monate später Fotos von allem, was sich in ihrer Villa tut. Das ist doch nicht normal! Und seine Frau hat garantiert keine Ahnung davon, sonst wäre der Schlüssel zum Keller nicht so gut versteckt gewesen.«

»Worauf willst du hinaus, Zweiter?«

»Ist doch ganz logisch. Wahrscheinlich war John Willow heimlich in Dora verknallt. Natürlich hatte er bei der Diva überhaupt keine Chance, also hat er sie aus der Ferne angehimmelt. Dabei entdeckt er eines Tages, dass Dora etwas mit Cecilias Mann hat. Mr Willow rastet vor Eifersucht völlig aus und bringt erst Gilbert Jones und eine Woche später Dora Mastrantonio um. Wisst ihr noch, was Doras Phantomstimme gesagt hat? Der Mörder ist nah! Und eine Sekunde später sehe ich Mr Willow am Fenster stehen. Es passt alles zusammen!« Peter war blass geworden. Plötzlich war ihm eiskalt. »Wir müssen sofort verschwinden, Just, ich bleibe hier keine Minute länger! Wir rufen die Polizei!«

»Immer mit der Ruhe, Zweiter, nur keine Panik!«

»Keine Panik?« Peters Stimme kippte. »Du hast doch selbst gesagt, dass ein Mordfall ein paar Nummern zu groß für uns ist. Das Ganze kannst du jetzt mit zwei multiplizieren, denn es ist sogar ein *Doppelmord*! Und wir sind im Keller des Killers!«

Justus verdrehte die Augen. »Mein Gott, Peter, nun bleib mal locker! Das ist zwar eine faszinierende Theorie, aber wir haben nicht den allerkleinsten Beweis. Und außerdem vergisst du einige Fakten: Die Phantomstimme war beispielsweise nicht echt, das wissen wir doch inzwischen.«

»Ach, Blödsinn! Nur weil Mr Higman sagte, es sei nicht die Stimme von Mrs Mastrantonio? Natürlich ist es nicht die Stimme von Mrs Mastrantonio, es ist die Stimme ihres Geistes! Stimmen verändern sich halt, wenn man ins Jenseits übertritt!«

»Und was ist mit der Testamentsänderung?«

»Was weiß ich, was damit ist! Zufall! Ist mir auch egal! Ich will jetzt so schnell wie möglich hier weg!«

»Just, ich wäre auch dafür, dass wir gehen«, meldete sich Bob zu Wort. »Wir wissen nicht, wann Mr Willow zurückkommt. Und immerhin *könnte* es sein, dass Peter recht hat. Wenn Willow uns hier erwischt, dann ...«

»Schon gut, schon gut, wir hauen ab«, lenkte Justus ein. »Schließlich haben wir genug gesehen.«

Sie wandten sich zum Gehen um, doch plötzlich hielt Bob inne. Sein Blick war starr auf ein kleines Foto gerichtet, das unscheinbar neben der Tür an der Wand hing. Im Vordergrund war klar und deutlich Elouise Adams zu erkennen. »Seht doch mal! Dieses Bild hier! Es ist vom Willow-Schlafzimmer aus aufgenommen worden: Mrs Adams steht im Arbeitszimmer. Sie scheint ziemlich wütend zu sein und schreit durch die offene Tür Mrs Mastrantonio an, die im Flur steht.«

Peter warf einen Blick auf das Foto. »Na und? Beste Freundinnen streiten halt auch mal.«

»Das meine ich nicht, Peter. Sondern –«

»Das Datum!«, fiel ihm Justus ins Wort und nahm das Bild von der Wand, um die eingeblendete Datumsanzeige eingehender zu untersuchen. »Das gibt es ja nicht!«

»Was denn, Just?«

Diesmal war es Bob, der antwortete: »Elouise Adams hatte für Doras Todestag ein Alibi. Sie behauptete, nicht einmal in Malibu Beach gewesen zu sein, als Dora starb. Aber dieses Foto ist an genau diesem Tag aufgenommen worden. Und zwar um exakt drei Uhr achtundvierzig. Zwölf Minuten bevor die Putzfrau kam und Doras Leiche entdeckte.«

Mangel an Beweisen

Der Regen trommelte beängstigend laut auf das Dach der Zentrale. An einer Stelle in der Decke bildete sich ein feuchter Fleck. Dort tropfte es langsam, aber stetig in einen bereitgestellten Topf.

Peter rubbelte sich mit einem Handtuch die Haare trocken, während Bob und Justus damit beschäftigt waren, ihre nassen Sachen über eine Wäscheleine zu hängen, die kreuz und quer durch die Zentrale gespannt war. Auf dem Weg von Malibu nach Rocky

Beach waren sie völlig durchnässt worden. Bob hatte bereits einen Tee aufgesetzt, um die Kälte zu bekämpfen, die ihnen unter die Haut gekrochen war.

»Ich weiß gar nicht mehr, was ich denken soll«, sagte Peter und lugte unter dem Handtuch hervor. »Erst sieht es so aus, als sei Mrs Adams die Täterin, weil sie die Einzige mit einem Motiv ist. Dann stellt sich heraus, dass Mr Willow ein völlig geistesgestörter Mastrantonio-Fanatiker ist und ziemlich gut als Psychomörder infrage käme. Und jetzt ist es doch wieder Mrs Adams, weil sie zur Tatzeit in der Villa war, obwohl sie das Gegenteil behauptet hatte. Und noch dazu hat sie sich mit Dora wenige Minuten vor ihrem Tod gestritten. Aber wenn sie es auf das Erbe abgesehen hat – wieso weigert sie sich nun, in das Haus einzuziehen?«

»Das ist die große Frage«, gestand Justus. »Jedenfalls erhärtet sich der Verdacht, dass Elouise Adams gelogen hat, weshalb wir sie vorerst als Hauptverdächtige im Fokus behalten sollten.«

»Ich würde sagen, es ist nicht nur ein Verdacht, sondern ein Beweis«, widersprach Bob. »Auf dem Foto ist sie ganz klar zu erkennen – sie *muss* also gelogen haben.«

»Du vergisst jedoch, dass auch das Datum auf dem Foto falsch sein kann, weil die Kamera anders eingestellt war. Ich halte das zwar für unwahrscheinlich, aber wir dürfen keine Möglichkeit außer Acht lassen.«

»Und was machen wir jetzt?«, wollte Peter wissen. »Sollten wir nicht Inspektor Cotta Bescheid geben?

Schließlich *erhärtet sich der Verdacht*, dass es wirklich Mord war, oder?«

»Ohne Beweise sagen wir niemandem Bescheid«, erwiderte Justus bestimmt. »Und leider fehlen uns noch immer eine Menge Informationen. Aber das könnte sich bereits heute Abend ändern.«

»Wieso?«, fragte Bob.

»Ich habe gestern mit Cotta telefoniert. Es war ein hartes Stück Arbeit, aber er hat versprochen, den Polizeibericht zum Fall Mastrantonio herauszusuchen und uns zu faxen. Er müsste eigentlich bald ankommen. Bis dahin sollten wir versuchen, anhand der neuen Fakten eine schlüssige Theorie zu entwickeln.«

Der Tee war fertig und Bob verteilte die Tassen. Die drei Detektive wärmten ihre Hände daran und tranken Schluck für Schluck.

»Beginnen wir mit der Testamentsänderung«, schlug Justus vor. »Bob, zeig uns noch mal die Papiere!«

Der dritte Detektiv zog den Stapel aus seinem Rucksack, der dem Regen glücklicherweise standgehalten hatte, und reichte ihn Justus.

»Dora Mastrantonio hatte also vor, die Villa Bernadette zu vererben und nicht, wie ursprünglich vorgesehen, Elouise. Die alles entscheidende Frage ist: Wusste Elouise davon? Wenn ja, dann hatte sie ein Motiv, Dora umzubringen, bevor diese mit der Änderung zum Notar geht. Aber hätte Elouise dann nicht auch logischerweise den Änderungsentwurf vernichtet?«

»Vielleicht wusste sie nicht, dass es einen gab«,

schlug Bob vor. »Dora könnte ihr gesagt haben, dass sie sie enterbt hat. Daraufhin bringt Elouise Dora um, ohne zu ahnen, dass die Testamentsänderung bereits als Entwurf schriftlich vorliegt.«

»Das ist eine Möglichkeit«, stimmte Justus zu. »Dennoch glaube ich, dass sie es zumindest geahnt und danach gesucht haben müsste. Und besonders schwer zu finden war es ja nicht. Das Schriftstück lag bei den anderen Papieren in einer abgeschlossenen Schreibtischschublade.« Justus blätterte die restlichen Papiere durch. »Das wäre der erste Ort gewesen, an dem ich an ihrer Stelle gesucht hätte. Und das simple Schloss zu knacken, dürfte selbst für...« Der Erste Detektiv hielt inne. Er blickte auf den Papierstapel in seinen Händen.

»Was ist denn, Just?«, fragte Peter.

»Wir waren doch in Doras Arbeitszimmer, nicht wahr?«

»Ja.«

»Und wieso liegen dann Bernadettes Unterlagen in ihrem Schreibtisch?«

»Wie bitte?«, fragte Bob und warf einen Blick auf die Papiere. »Bernadettes Unterlagen?«

»Ja. Kontoauszüge, Versicherungspolicen, Briefe von Behörden – dieser ganze Stapel hier gehört Bernadette, nicht Dora!«

»Was soll das heißen, Just?«

»Das heißt, dass Doras Unterlagen vermutlich längst irgendwo verstaut sind, immerhin ist sie bereits seit einem Vierteljahr tot. Mrs O'Donnell ist in das Arbeitszimmer eingezogen und hat ihren Papierkram im Schreibtisch untergebracht. Unter anderem eine Testamentsänderung von Dora. Das heißt, Mrs O'Donnell *weiß*, dass sie als Alleinerbin eingesetzt werden sollte.«

»Und warum hat sie davon nichts gesagt?«

»Das ist die zweite große Frage.« Justus lehnte sich zurück und begann, an seiner Unterlippe zu zupfen.

»Herrje, dieser Fall wird wirklich immer verzwickter«, stöhnte Bob. »Wieso sollte Elouise Dora umbringen und dann nicht in ihrer Villa wohnen wollen? Wieso sollte Bernadette von der Testamentsänderung wissen, aber kein Wort darüber verlieren? Das ergibt doch alles keinen Sinn!«

»Doch, Bob, tut es«, war Justus überzeugt. »Uns fehlt nur der entscheidende Schlüssel.«

Ein Rattern riss den Ersten Detektiv aus seinen Überlegungen. Sie bekamen ein Fax. Sobald das erste Blatt durch war, nahm Justus es neugierig zur Hand. »Das ist der Polizeibericht von Cotta! Vielleicht erhalten wir hier neue Antworten.« Der Erste Detektiv las alles aufmerksam durch und reichte Blatt für Blatt an seine Freunde weiter. Insgesamt umfasste der Bericht acht Seiten und enthielt die genauen Daten und Uhrzeiten rund um Dora Mastrantonios Tod, Ergebnisse der ärztlichen Untersuchungen und Protokolle der Befragungen von Mrs O'Donnell, Mrs Adams, Dr. Jones, Mrs Gomez und dem Ehepaar Willow. Alles in allem fanden die drei Detektive im Polizeibericht jedoch nichts, was sie nicht schon wussten.

Frustriert ließ Bob sich nach hinten fallen, nachdem er das letzte Blatt gelesen hatte, und trank den

Rest Tee. »Es ist frustrierend. Ich hatte gedacht, wir finden einen Hinweis in dem Bericht. Aber das war wohl nichts.«

»Das würde ich nicht sagen«, meinte Justus und wies auf einen der Zettel. »Ich habe hier etwas höchst Interessantes gefunden. Nämlich die exakte Ankunftszeit des Krankenwagens bei der Villa. Bob, wie weit ist das nächste Krankenhaus von der Villa Mastrantonio entfernt?«

»Wie bitte? Was hat das denn jetzt mit unserem Fall zu tun?«

»Weißt du es oder nicht?«

»Nein, keine Ahnung.«

»Peter?«

»Ich glaube, das nächste Krankenhaus ist das Memorial. Das liegt ein paar Meilen nördlich. Aber was soll die blöde Frage, Just?«

»Hundert Punkte für den Zweiten Detektiv. Es ist das Memorial, wie mir der Polizeibericht bestätigt. Und was denkst du, wie lange ein Krankenwagen von dort aus braucht, um nach einem Notruf zur Villa zu gelangen?«

»Na, so zehn Minuten, würde ich schätzen. Mit Blaulicht vielleicht nur acht oder sieben.«

Justus nickte. »Was meinst du, würde es ein Krankenwagen bei allergünstigsten Verkehrsverhältnissen auch in drei Minuten schaffen können?«

Der Zweite Detektiv schüttelte den Kopf. »Ausgeschlossen. Das schafft nicht mal ein Hubschrauber.«

Justus lächelte zufrieden. »Aber laut Polizeibericht ist genau das passiert: Der Krankenwagen traf um vier Uhr und drei Minuten bei der Villa Mastrantonio ein.«

»Na und? Dann ist er eben um sieben Minuten vor vier angerufen worden«, sagte Peter.

»Nein, ist er nicht. Denn Mrs Gomez, die Putzfrau, kommt immer pünktlich. Immer. Auf die Minute. Hat sie dir das nicht unentwegt erzählt, Peter?«

Peters Gesicht erhellte sich. »Du hast recht, Just! Das stimmt! Sie betrat das Haus um vier, sah Dora am Fuß der Treppe liegen, rief den Krankenwagen und –«

»Und der war schneller da, als es überhaupt möglich ist«, führte Bob den Gedanken zu Ende. »Das heißt, jemand muss ihn früher gerufen haben.«

»Und das heißt wiederum, dass es nicht Mrs Gomez war, die ihn alarmiert hat. Das heißt, sie war es *auch* – aber zu dem Zeitpunkt, als sie die Notrufnummer wählte, war der Krankenwagen schon längst unterwegs. Das ist nur niemandem aufgefallen. Mrs Gomez war froh, dass er so schnell kam, warum sollte sie sich darüber großartig Gedanken machen?« Justus hatte sich aufrecht hingesetzt. Er spürte, dass er des Rätsels Lösung ganz nahe war. »Als Dora Mastrantonio von der Treppe stürzte, muss noch jemand im Haus gewesen sein, den Krankenwagen gerufen haben und dann verschwunden sein.«

»Elouise Adams!«, rief Peter und griff nach dem Foto aus Mr Willows Keller. »Das Bild beweist es!«

»Richtig. Aber bedeutet dies, dass Mrs Adams eine Mörderin ist? Dass sie Dora die Treppe hinuntergestoßen hat und dann getürmt ist? Nein, genau das bedeutet es eben *nicht*! Denn sonst hätte sie nicht den

Krankenwagen gerufen. Trotz allem muss sie einen Grund gehabt haben, der Polizei gegenüber zu behaupten, sie sei an dem Tag gar nicht in Malibu gewesen. Was könnte das für ein Grund gewesen sein?«

»Es war *noch jemand* im Haus!«, rief Peter.

»Möglich, Zweiter. Wenn auch nicht sonderlich –«

»Nicht *möglich*, Just, ganz sicher sogar! Hier! Auf dem Foto! Da ist noch jemand!«

»Was sagst du da?«

Aufgeregt beugten sich Bob und Justus über den Abzug. Auf den ersten Blick sahen sie nur Mrs Adams im Arbeitszimmer, wie sie Dora anschrie, die sich im Flur befand. Doch dann tippte Peter auf die offene Tür. Dahinter stand eine schattenhafte Gestalt. Das Bild war jedoch zu klein, um mehr zu erkennen. Aber es gab keinen Zweifel: Es war noch jemand im Raum gewesen.

»Das gibt es ja nicht!«, entfuhr es Bob. »Da versteckt sich jemand hinter der Tür! Aber das hat nur die Kamera einfangen können. Mrs Adams konnte es von ihrer Position aus nicht sehen.«

»Unfassbar. Zwölf Minuten vor ihrem Tod hatte Dora nicht nur von Mrs Adams Besuch, sondern auch noch von jemand anderem. Kollegen, los geht's!« Justus sprang auf und eilte in den hinteren Teil des Wohnwagens.

»Was hast du vor, Just?«

»Blöde Frage, Peter. Wir gehen ins Labor und vergrößern das Foto! Dann wissen wir, wer es war!«

Cinderella

Im hinteren Drittel der Zentrale befand sich ein kleines Kriminallabor, das man komplett abdunkeln und somit auch als Fotolabor nutzen konnte. Es war nun Bobs Aufgabe, die Chemikalien in flache Kunststoffschalen zu füllen und alles vorzubereiten. Da sie kein Negativ hatten, fotografierte der dritte Detektiv das Foto ab und machte davon einen neuen Abzug, diesmal so groß wie möglich.

Neugierig beugten sich die drei ??? über das Fotopapier, während das Bild im Entwicklerbad langsam Gestalt annahm. Dann zog Bob es vorsichtig mit einer Zange heraus und tauchte es in den Fixierer und ins Wasserbad. Schließlich hängte er den Abzug zum Trocknen an eine Leine.

»Verflucht! Man kann immer noch nicht erkennen, wer es ist!«, stellte Peter fest. »Ich sehe bloß einen Schatten. Und einen Schuh, der hinter der Tür hervorragt.«

»Wenn ich das Originalnegativ hätte, wäre die Qualität wahrscheinlich besser«, meinte Bob, »aber so …«

»Wenigstens den Schuh kann man nun klar und deutlich sehen«, stellte Justus fest. »Das ist eindeutig ein Damenschuh. Schwarz mit flachem Absatz und einer breiten Schnalle aus Metall. Es wäre doch gelacht, wenn wir diesen Schuh nicht fänden.«

Peter kicherte. »Du meinst, wie bei Cinderella? Nur dass diejenige, zu der der Schuh gehört, keine Prinzessin ist, sondern eine Mörderin.«

Der Erste Detektiv schüttelte den Kopf. »Keine Mörderin.«

»Keine Mörderin? Wieso denn das nicht?«

»Während Bob das Foto vergrößert hat, habe ich noch mal über alles nachgedacht.«

»Was du nicht sagst.«

»Und dabei ist mir klar geworden, dass es gar nicht so wichtig ist, wer dort hinter der Tür gestanden hat. Allein die Tatsache, *dass* dort jemand stand, ist schon Hinweis genug.«

»Ein Hinweis worauf?«, fragte Peter.

»Dass an dieser ganzen Dora-Geschichte mehr als nur eine Person beteiligt war. Wir waren bisher immer davon ausgegangen, dass das, was die Phantomstimme gesagt hat, stimmt – dass es einen Mord gab. Und einen Mörder oder eine Mörderin. Aber es gibt so viele Einzelheiten, die ganz und gar nicht in dieses Bild passen!«

»Zum Beispiel?«, fragte Bob.

»Zum Beispiel dieses Foto. Zwei Frauen sind kurz vor Doras Tod bei ihr. Zwölf Minuten später sind beide verschwunden, jedoch nicht ohne zuvor den Krankenwagen zu rufen. Es gibt eine Erbin, die nicht in ihrer neuen Villa leben will, dafür aber zwei Freundinnen, die sofort den Möbelwagen bestellen. Mindestens eine davon weiß von einer Testamentsänderung, die sie selbst als Erbin einsetzt, aber sie schweigt. Und dann ist da natürlich noch Doras Geist, der äußerst geschickt in Szene gesetzt wird, mal mit einem Ouija-Brett, mal mit einer Phantomstimme auf Band. Ich frage euch, Kollegen, wozu das alles?«

Bob und Peter sahen einander ratlos an. »Sag du es uns, Just!«

»Jemand will etwas verschleiern! Und einer anderen Person die Schuld an Doras Tod in die Schuhe schieben. Um von sich selbst abzulenken und sich ganz nebenbei noch eine schicke Villa unter den Nagel zu reißen. Aber diese Person hat einen entscheidenden Fehler begangen.«

»Nämlich welchen?«

»Sie hat die Rechnung ohne die drei ??? gemacht. Es gab keinen Mord, Kollegen.«

»Keinen Mord?«, echote Peter.

»Nein. Aber trotzdem ein Verbrechen. Das wir aufklären werden. Wir werden die drei Grazien zur Rede stellen, und zwar gleich morgen. Ich habe auch schon eine Idee, wie wir es anstellen.«

»Da bin ich aber mal gespannt«, sagte Bob. »Wie denn?«

»Wir lassen die Toten sprechen.«

»Ich kann es nicht glauben«, murmelte Mathilda Jonas, während sie auf dem Beifahrersitz des Rolls-Royce mithilfe eines Spiegels ihr grelles Make-up auffrischte. »Ich kann es einfach nicht glauben, dass ich mich schon wieder auf diesen Unfug einlasse!«

»Aber Sie sehen doch fantastisch aus, Mrs Jonas!«, beteuerte Peter.

»Ach, hör schon auf, Peter Shaw!«, knurrte sie. »Ich hoffe, euch ist klar, dass *ich* diesmal bei *euch* etwas guthabe!«

»Aber klar, Tante Mathilda«, sagte Justus schnell.

»Versprochen!« Und er versuchte, das ungute Gefühl, das er dabei hatte, zu verdrängen. »Also, Tante Mathilda, tu einfach genau das, was du beim letzten Mal auch getan hast. Den Rest erledigen wir.«

»Jaja, keine Sorge. Ich hoffe nur, ihr beeilt euch mit dem, was ihr vorhabt. Ich bleibe keine Sekunde länger als nötig in meiner Rolle!«

»Gib zu, Tante Mathilda, insgeheim macht es dir sogar Spaß!«

»Spaß? Du beliebst zu scherzen, mein lieber Neffe! Das letzte Mal schlotterten mir die Knie vor Angst!«

»Aber wir haben dir doch erklärt, dass alles nur ein Trick war.«

»Ja. Sonst hätte ich auch bestimmt kein zweites Mal zugesagt.«

Morton bog in die Seitenstraße ein, in der die Villa Mastrantonio lag. Es war bereits dunkel und über dem Dach stieg der Vollmond auf und malte silberne Muster in die Wolkenfelder am Himmel. Hinter den Fenstern im Erdgeschoss schimmerte vertrauter Kerzenschein. Justus hatte Mrs O'Donnell telefonisch über ihren Besuch informiert. Offensichtlich hatten sie bereits alles für eine weitere Séance vorbereitet. Die letzte. Aber davon wussten die drei Damen noch nichts.

»Ich ziehe es diesmal vor, im Wagen zu warten«, sagte Morton, nachdem er erst Tante Mathilda und dann den drei Detektiven die Tür geöffnet hatte.

»In Ordnung, Morton.«

Bernadette O'Donnell erwartete sie bereits. »Oh, da sind Sie ja, Mathilda! Ich bin so froh, dass Sie es einrichten konnten! Vielen Dank! Mit Ihrer Hilfe werden wir Dora bestimmt dazu bringen, den Namen ihres Mörders zu nennen!«

Tante Mathilda nickte. »Heute ist Vollmond. Die Verbindung zum Totenreich ist stark. Wir werden erfolgreich sein, ich bin ganz sicher.«

»Treten Sie ein, treten Sie ein!«

Im Salon war alles beim Alten: Der runde Tisch stand in der Mitte des Raumes, Dr. Jones und Mrs Adams hatten bereits Platz genommen.

»Ich möchte mich übrigens bei euch entschuldigen«, wandte sich Mrs O'Donnell an die drei ???, während Tante Mathilda das Ouija-Brett aufbaute. »Was ich da vor zwei Tagen gesagt habe … ihr wisst schon … dass eine von uns die Mörderin sein könnte … das war sehr unüberlegt. Wir drei haben uns danach sehr gestritten. Und ihr müsst einen völlig falschen Eindruck von mir bekommen haben. Cecilia und Elouise sind meine besten Freundinnen! Ich würde sie nie ernsthaft verdächtigen. Ich war an jenem Abend wohl nicht ganz bei mir. Nicht wahr, meine Lieben?« Sie lächelte in Mrs Adams' Richtung. Diese erwiderte das Lächeln nicht.

»Schon gut«, winkte Justus ab. »Heute werden wir die Wahrheit ja erfahren.«

»Ja, nicht wahr? Das werden wir. Dann hat der Spuk endlich ein Ende.«

Peter räusperte sich. »Ich … äh … müsste noch mal auf die Toilette, bevor wir anfangen.«

»Sicher«, antwortete Mrs O'Donnell. »Du weißt ja, wo sie ist.«

Der Zweite Detektiv verließ den Salon. Als er nach

einigen Minuten zurückkehrte, hatten alle bereits Platz genommen. Unauffällig gab er Justus ein Handzeichen. Genauso unauffällig nickte Justus zurück. Dann setzte sich Peter dazu und Tante Mathilda begann mit ihrer Vorstellung.

»Ich bitte um Konzentration!« Sie nahm das Glas zur Hand, hauchte hinein und stellte es umgedreht auf das Buchstabenbrett. Sogleich legten alle ihre Finger auf den Rand. Tante Mathilda ließ ein paar Augenblicke verstreichen, dann holte sie tief Luft und sagte: »Ich bitte um Kontakt zum Totenreich. Wenn die arme Seele eines Verstorbenen in diesen Mauern Zuflucht gesucht hat, dann antworte uns bitte! Geist, bist du da?«

Diesmal dauerte es nicht lange, bis sich das Glas bewegte. Niemand war mehr überrascht, als es sich langsam auf das »Ja« zubewegte. Dann glitt es langsam zurück zur Mitte des Brettes.

Bevor Tante Mathilda fortfahren konnte, stellte Mrs O'Donnell die nächste Frage: »Dora, bist du es?«

Das Glas erzitterte leicht. Dann setzte es sich in Bewegung. Und verharrte auf dem »Nein«.

Ein Raunen ging durch den Salon. Dem Ersten Detektiv entging nicht, dass Mrs O'Donnell und Dr. Jones irritierte Blicke austauschten. Mrs Adams hingegen entfuhr ein Seufzer der Erleichterung.

»Das … das ist aber nicht richtig!«, stotterte Mrs O'Donnell.

»Schhh!«, herrschte Tante Mathilda sie an. »Sie stören den Kontakt! Geist, kannst du uns deinen Namen nennen?«

Buchstabe für Buchstabe glitt das Glas über das Ouija-Brett. Und mit jedem Schriftzeichen wurden Dr. Jones und Bernadette O'Donnell ein wenig blasser.

G – I – L – B – E – R – T – J – O – N – E – S

Der Spuk ist vorbei

Cecilia Jones stieß einen spitzen Schrei aus und zog ihre Hand vom Glas weg.

»Was willst du von uns, Geist?«, fragte Justus nun. Das Glas bewegte sich weiter, auch ohne Dr. Jones' Unterstützung.

D – I – E – W – A – H – R – H – E – I – T – H – Ö – R – E – N

Nun zog auch Mrs O'Donnell die Hand weg. »Was geht hier vor?«, fauchte sie, inzwischen eher wütend als erschrocken. »Wo ist Dora?«

Gilberts Geist ließ sich nicht beirren:

V – O – N – D – I – R – C – E – C – I – L – I – A

»Das ist doch ein Trick!«, rief Mrs O'Donnell. »Das kann nur ein Trick sein! Unmöglich!«

»Würden Sie bitte aufhören, den Kontakt zum Totenreich zu stören!«, zischte Tante Mathilda.

»Wieso sollte es ein Trick sein, Mrs O'Donnell?«, fragte Justus forsch. »Glauben Sie, das Glas könne sich nur bewegen, wenn Dr. Jones und Sie im wahrsten Sinne des Wortes Ihre Finger im Spiel haben?«

»Aber Justus …«, sagte Tante Mathilda zaghaft. »Die Séance … sollten wir nicht …«

»Schon gut, Tante Mathilda. Der Spuk ist vorbei.«

»*Tante* Mathilda?«, fragte Elouise Adams überrascht. »Was soll das denn bedeuten?«

»Dass sie eine Hochstaplerin ist!«, zischte Mrs O'Donnell. »Unsere lieben drei Detektive haben uns reingelegt! Sie ist gar kein Medium!«

»Das stimmt«, gab Justus unumwunden zu. »Und trotzdem hat sich das Glas bewegt. Erstaunlich, nicht wahr? Wie wäre es, wenn wir die Masken fallen lassen, Mrs O'Donnell? Wir haben Ihr Spiel längst durchschaut. Es ist nicht nötig, dass Sie uns noch länger etwas vormachen.«

»Was für ein Spiel?«

»Dieses hier!«, rief Justus wütend und wies auf das Ouija-Brett. »Geisterbeschwörung! Dass ich nicht lache! Sie haben das Glas die ganze Zeit selbst bewegt! Sie und Dr. Jones! Sie hatten sich vorher abgesprochen, welche Nachricht erscheinen sollte.«

»So ein Blödsinn!«, entgegnete Dr. Jones. »Warum sollten wir so etwas Kindisches tun?«

»Um diejenige, die nicht eingeweiht war, zu einem Geständnis zu bewegen: Elouise Adams. Mrs Adams sollte sich zu einem Mord bekennen, den sie nicht begangen hat. Dem Mord an Dora Mastrantonio.«

Bernadette O'Donnell lachte schallend. »Das ist ja völlig absurd! So etwas muss ich mir nun wirklich nicht weiter anhören. Verlasst sofort mein Haus!«

»*Ihr* Haus, Mrs O'Donnell? Das hätten Sie wohl gern! Es ist immer noch Mrs Adams' Haus. Wir sollten sie fragen, ob wir gehen sollen. Oder ob ich vielleicht besser die ganze Geschichte von vorne erzähle.«

Alle Augen richteten sich auf Elouise Adams. Sie war blass geworden und schluckte hörbar, bevor sie mit schwacher Stimme sagte: »Sprich bitte weiter, Justus!«

»Also schön. Von Anfang an.« Justus räusperte sich. »Vor einiger Zeit hatte Dora Mastrantonio eine Affäre mit Gilbert Jones. Seine Frau Cecilia wusste anfangs nichts davon, aber irgendwann bekam sie es heraus.«

»Woher wisst ihr davon?«, zischte Dr. Jones.

»Es gibt Beweisfotos«, gab Justus kühl zurück. »Wie war das damals genau, Dr. Jones? Hat er es Ihnen gestanden oder haben Sie es selbst herausgefunden?«

Einen Moment lang war Cecilia anzusehen, wie sie mit sich rang. Doch schließlich antwortete sie mit gepresster Stimme: »Er hat es mir gestanden! Kurz vor seinem Tod. Auf dem Sterbebett. Ich hätte Dora umbringen können! Sie war meine beste Freundin und hat mich so hinterhältig betrogen!«

»Also stellten Sie sie zur Rede«, vermutete Justus. »Wenn auch nicht sofort. Erst eine Woche nach dem Tod Ihres Mannes kam es zu einer Auseinandersetzung zwischen Ihnen. Sie, Mrs Adams und Dora befanden sich kurz vor ihrem Tod hier im Haus. Das ist ein Ereignis, das ich leider nicht genau rekonstruieren kann, doch Sie können uns bestimmt sagen, was passiert ist, Mrs Adams, nicht wahr?«

»Ich …«, begann Mrs Adams und brach ab.

»Bitte, Mrs Adams«, sagte Bob einfühlsam. »Es wird langsam Zeit, dass die Wahrheit ans Licht kommt, finden Sie nicht?«

Sie nickte. »Also schön. Es war direkt nach Gilberts

Beerdigung. Wir waren alle auf dem Friedhof gewesen, und Dora ließ eine Bemerkung über Gilbert fallen, die mich stutzig machte. Ich erzählte Bernadette davon, und sie verriet mir, dass Gilbert Doras Geliebter war.«

Dr. Jones' Kopf fuhr herum. »Von *dir* wusste sie es also!«

Mrs O'Donnell grinste verlegen. »Na ja, ich ...«

»Ich hatte es dir unter dem Siegel der Verschwiegenheit erzählt! Das ging niemanden etwas an!«

»Jaja, so sind sie zueinander, die besten Freundinnen«, meinte Peter.

»Erzählen Sie weiter, Mrs Adams!«, bat Justus.

»Als ich von der Affäre erfuhr, war ich entsetzt. Also ging ich am Nachmittag nach der Beerdigung zu Dora, um sie zur Rede zu stellen, weil ... weil sie mir versprochen hatte, dass sie solche Sachen nicht mehr macht! Sie brauchte doch keine Männer! Ich war doch immer für sie da!« Tränen glänzten in Mrs Adams' Augen, und es dauerte eine Weile, bis sie weitersprechen konnte. »Als ich ankam, war sie bereits furchtbar geladen. Ich konnte mir das gar nicht erklären. Schließlich erzählte ich ihr, warum ich gekommen war, und sie rastete völlig aus.«

»Das lag vermutlich daran, dass sie sich unmittelbar zuvor schon mit Cecilia über Gilbert gestritten hatte«, sagte Justus. »Sie war nämlich ebenfalls im Haus, Mrs Adams.«

Mrs Adams schüttelte den Kopf. »Nein, war sie nicht! Ich war mit Dora allein!«

Bob holte das vergrößerte Foto hervor und legte es mitten auf den Tisch. »Waren Sie nicht.«

Dr. Jones lachte verächtlich. »Was soll das sein? Ein detektivisches Beweisstück?«

»Ganz recht«, sagte Justus. »Dieses Foto wurde zwölf Minuten vor Doras Tod aufgenommen. Mrs Adams streitet sich gerade mit ihr und Sie stehen hinter der Tür und lauschen, Dr. Jones.«

»Dieser Schatten da soll ich sein? Dass ich nicht lache!«

»Es sind Ihre Schuhe«, meldete sich nun Peter zu Wort. »Als ich vorhin vorgab, zur Toilette zu gehen, war ich in Ihrem und Mrs O'Donnells Schlafzimmer, um herauszufinden, wer von Ihnen unsere Cinderella ist. Sie sind es, Dr. Jones. Diese Schuhe stehen in Ihrem Schrank!«

Dr. Jones funkelte den Zweiten Detektiv wütend an. »Wer hat dieses Foto gemacht?«

Peter schluckte und warf einen Blick zum Fenster. »Der da!«, rief er und zeigte nach draußen.

Mr Willow duckte sich zu spät. Alle Anwesenden konnten einen Blick auf ihn erhaschen.

»Wer ist das?«, fauchte Dr. Jones. »Ein Spitzel von euch?«

»Nein«, sagte Justus ruhig. »Nur der Nachbar. Er war ein heimlicher Verehrer von Dora und hat eine ganze Menge Fotos gemacht. Unter anderem die, die uns schließlich auf die richtige Spur gebracht haben. Mr Willow hätte das Rätsel schon viel früher lösen können, doch als er verhört wurde, hat er der Polizei vermutlich nicht gesagt, dass Sie beide am Tag, als Dora starb, in der Villa waren. Denn dann hätte er ja zugeben müssen, dass er Dora Mastrantonio heimlich beobachtet. Und das hätte seiner Frau ganz und gar nicht gefallen.« Justus machte eine kurze Pause und nahm den Faden schließlich wieder auf: »Sie stritten also mit Dora. Was geschah dann, Mrs Adams?«

»Sie tobte, ich solle ihr nicht ständig vorschreiben, was sie zu tun und zu lassen hat. Sie sagte, ich sei ihr jetzt lange genug auf die Nerven gegangen. Sie war so gemein zu mir!« Mrs Adams schnäuzte in ihr Taschentuch. »Während unseres Streits liefen wir durch das ganze Haus. Dann waren wir schließlich an der Treppe. Und sie... sie stolperte über eine Falte im Teppich... und stürzte. Es war ein Unfall! Es war wirklich ein Unfall! Ich habe sie nicht gestoßen! Ich war es nicht! Wirklich nicht! Ich habe sie doch geliebt!« Nun brach Mrs Adams vollends in Tränen aus, und es dauerte Minuten, bis sie sich beruhigt hatte.

»Ich glaube Ihnen, Mrs Adams«, sagte Justus. »Denn schließlich haben Sie den Krankenwagen gerufen, nicht wahr?«

Sie nickte schluchzend. »Sie hat noch geatmet. Aber ich wusste nicht, was ich tun sollte. Ich dachte, man würde mich verdächtigen. Sicher hatten diese schrecklichen Nachbarn den Streit gehört, dachte ich, und dann würden sie mich ins Gefängnis stecken! Aber ich konnte sie auch nicht ohne Hilfe dort liegen lassen. Also wählte ich die Notrufnummer und rannte weg.«

»Und dann kamen Sie aus Ihrem Versteck hinter der Tür hervor, Dr. Jones«, fuhr Justus fort. »Sie hatten gehört, was passiert war. Gehört, aber nicht gesehen. Aufgrund des Streites glaubten Sie, Mrs Adams habe Dora tatsächlich die Treppe hinuntergestoßen und dann fluchtartig das Haus verlassen. Doch was taten Sie? Sie sahen Dora am Fuß der Treppe liegen. Sie atmete noch. Als Ärztin wussten Sie bestimmt, was zu tun gewesen wäre. Aber Sie halfen ihr nicht. Sie gingen und ließen Ihre Freundin sterben.«

Dr. Jones' Gesicht war fahl und grau geworden. Ihr Mund hatte sich in einen schmalen, blutleeren Strich verwandelt. Sie starrte Justus aus funkelnden Augen an. Und dann brach es laut und schrill aus ihr heraus: »Sie wäre sowieso gestorben! Ich habe sie nicht umgebracht! Elouise war es! Sie hat Dora in den Tod getrieben!«

»Es war ein Unfall«, sagte Justus ruhig. »Aber selbst wenn es keiner war: Sie hätten Dora noch helfen können! Sie hat noch geatmet! Sie sind Ärztin! Sie hätten sie retten können!«

»Hätte ich nicht«, widersprach Dr. Jones bestimmt. »Niemand hätte sie retten können.«

»Und warum sind Sie dann geflohen, anstatt auf den Krankenwagen zu warten?«

»Weil mir natürlich niemand geglaubt hätte!«, ereiferte sich Dr. Jones. »Wäre ich dort geblieben und hätte mich der Polizei gestellt, wäre die ganze Geschichte mit Gilbert und dem Streit mit Elouise herausgekommen. Und dann hätte man mir womöglich unterlassene Hilfeleistung in die Schuhe geschoben. Aber ich habe mit Doras Tod absolut nichts zu tun!«

»Das wird die Polizei sicherlich noch einmal näher untersuchen wollen«, beendete Justus das Thema.

Mrs O'Donnell hatte fassungslos alles angehört.

Nun flüsterte sie: »Ist diese ganze Geschichte wirklich wahr, Cecilia?«

Dr. Jones' Schweigen war Antwort genug.

»Das glaube ich einfach nicht!«, keuchte Mrs O'Donnell. »Und mir hat sie erzählt …«

»Dass Mrs Adams eine Mörderin ist«, fiel Justus ihr ins Wort. »Nachdem Dr. Jones klar geworden war, dass sie wegen ihrer Flucht vom Tatort ernsthafte Schwierigkeiten bekommen könnte, hatte sie riesige Panik davor, dass doch noch alles auffliegt. Das Einzige, was sie dauerhaft davor bewahren konnte, war ein Geständnis von Mrs Adams. Also heckte Dr. Jones einen teuflischen Plan aus, der Mrs Adams zu einem Geständnis treiben sollte, obwohl sie eigentlich unschuldig war. Als jahrelange Freundin wusste sie natürlich, dass Mrs Adams an Geister und Spuk glaubt. So war es naheliegend, sie mithilfe von Séancen und Phantomstimmen so weit zu treiben, dass sie zugab, für Doras Tod verantwortlich zu sein. Nur so konnte Dr. Jones sicher sein, dass niemals jemand sie mit der Sache in Verbindung bringen würde. Doch sie konnte ihren Plan nicht allein in die Tat umsetzen. Sie brauchte eine Komplizin. Sie, Mrs O'Donnell.«

Tante Mathilda, die bisher fasziniert gelauscht hatte, erhob nun zum ersten Mal ihre Stimme. Sie wandte sich an Mrs O'Donnell: »Sie falsche Schlange! Wie viel hat sie Ihnen gezahlt, damit Sie mitmachen?«

»Gar nichts, Tante Mathilda«, antwortete Justus. »Sie hatte eine viel bessere Methode: Dr. Jones fälschte eine Testamentsänderung und hielt sie Mrs O'Donnell unter die Nase.«

»Sie hielt sie mir nicht unter die Nase«, widersprach Bernadette O'Donnell, die Augen nicht von Dr. Jones gewandt. »Sie versteckte das Papier im Schreibtisch und sorgte dafür, dass ich es beim Durchsehen von Doras Unterlagen finde. Was dann auch geschah. Ich konnte kaum glauben, was ich da las, und erzählte Cecilia sofort davon. Sie tat so, als wüsste sie von nichts, und äußerte schließlich den Verdacht, Elouise könnte Dora umgebracht haben, damit das Haus nach ihrem Tod nicht an mich fällt.«

»Und du hast ihr geglaubt!«, sagte Mrs Adams fassungslos.

»Nein. Nicht sofort. Aber ich konnte nicht sicher sein. Also stimmte ich Cecilias Plan mit der Geisterbeschwörung zu. Ich dachte, dass du gestehen würdest, wenn Doras Geist plötzlich mit dir spricht.«

»Denn auch für Ihre Interessen brauchten Sie ein Geständnis«, sagte Justus. »Ein Testamentsentwurf ist schließlich kein Beweis. Aber er hätte vermutlich dafür ausgereicht, dass Sie die Villa erben, wenn Mrs Adams den Mord zugegeben hätte. Das Einzige, was Ihnen nun noch fehlte, waren Zeugen. Und zwar Zeugen, die einerseits bereit waren, bei einer so haarsträubenden Geschichte wie einer Geisterbeschwörung mitzumachen, andererseits aber in den Augen der Polizei hundertprozentig vertrauenswürdig waren. Und in ganz Kalifornien gibt es vermutlich nur drei Menschen, die diese Bedingungen erfüllen.«

»Uns«, sagten Bob und Peter wie aus einem Munde. »Die drei Detektive.«

»Dabei mimten Sie selbst anfangs die Ungläubigen,

um das alles nicht zu offensichtlich zu machen. Für Ihren Plan war es auch egal, ob Tante Mathilda nun ein echtes Medium ist oder nicht – das Glas auf dem Buchstabenbrett bewegten Sie so oder so selbst. Eines habe ich jedoch nicht verstanden: Der Vorschlag mit dem Ouija-Brett kam von uns. Was hätten Sie getan, wenn wir eine andere Idee gehabt hätten, zu Doras Geist Kontakt aufzunehmen?«

Mrs O'Donnell brachte es nicht fertig, jemandem in die Augen zu sehen, als sie antwortete: »Wir waren auf einiges vorbereitet. Wir hatten für so ziemlich jede Methode eine Lösung.«

»Unter anderem auch für die Phantomstimmen«, sagte Justus.

»Genau!«, rief Peter. »Die Tonbandaufzeichnung. Wie haben Sie das hingekriegt? Woher kam die Geisterstimme?«

»Das kann ich dir beantworten, Zweiter«, sagte Justus.

»Meine Güte, gibt es auch irgendwas, was du nicht weißt?«

»Wenig. Aber die Tonbandsache war verzwickt, das gebe ich zu. Zumal wir ja unser eigenes Aufnahmegerät und unsere eigene Kassette mitgebracht hatten. Der Trick war allerdings, dass wir das Band nicht auf diesem Gerät *abgehört* haben, nicht wahr, Dr. Jones? Sie nahmen es heraus und legten es in die große Hi-Fi-Anlage ein. Und dort haben Sie das Band nicht abgespielt, sondern *überspielt*. Und zwar mit einer Aufnahme, die Sie zeitgleich mit der unseren starteten – vermutlich mithilfe einer Fernbedienung, die Sie irgendwo versteckt hatten. Ich habe nämlich gesehen, dass Doras Anlage sehr wohl ein Mikrofon hat.«

Bob runzelte die Stirn. »Das erklärt aber immer noch nicht die Stimmen auf dem Band, Just.«

»Wart's ab, Bob. Diese zweite Aufnahme wurde auf unser Band überspielt, während wir glaubten, wir würden unsere eigene Aufnahme hören. Gleichzeitig wurde ein zuvor vorbereitetes Band mit der Geisterstimme dazugemischt, das irgendwo in der Anlage versteckt war. Sie fummelten so lange an den ganzen Reglern und Knöpfen herum, Dr. Jones, und wollten uns weismachen, es ginge darum, den Sound zu optimieren. In Wirklichkeit haben Sie dabei die beiden Bänder gemischt wie bei einer Karaokemaschine und auf *unser* Band überspielt. Damit war die Phantomstimme auf unserer Kassette, und wir konnten sie uns auch zu Hause immer wieder anhören, ohne Verdacht zu schöpfen, denn die Geräusche, die wir selbst während der Aufnahme gemacht hatten, waren ja *auch* drauf. Ein ziemlich genialer Trick, Dr. Jones, das muss ich schon sagen. Aber er hat Ihnen nichts genutzt. Denn trotz aller Nachrichten aus dem Jenseits hat Mrs Adams den Mord nicht gestanden. Ganz einfach deshalb, weil sie keinen Mord begangen hat. Es war ein Unfall. Aber das wussten Sie ja nicht.« Justus beugte sich vor, stützte die Hände auf den Tisch und blickte Dr. Jones und Mrs O'Donnell in die Augen. »Sie beide sind die einzigen Übeltäterinnen hier am Tisch. Und Sie werden sich verantworten müssen. Ganz besonders Dr. Jones.«

Justus schwieg. Er war am Ende seiner Beweisführung angelangt und ließ seinen Blick über die Gesichter der Anwesenden wandern. Peter grinste so zufrieden, als sei er selbst auf die Lösung des Rätsels gekommen. Bob sah besorgt zu Mrs Adams, die still auf die Mitte des Tisches starrte und zu verarbeiten versuchte, was sie gerade erfahren hatte. Mrs O'Donnell stand das Schuldbewusstsein deutlich ins Antlitz geschrieben. Und Dr. Jones' Gesicht war so wutverzerrt, dass kleine Adern in ihren Augäpfeln geplatzt waren.

Doch über Tante Mathildas Gesichtsausdruck konnte Justus sich nur freuen. Sie blickte ihn voller Stolz und Bewunderung an, als sehe sie ihren Neffen mit völlig neuen Augen.

Diesen Ausdruck hatte sie auch noch, als Justus schließlich aufstand und zum Telefon ging, um Inspektor Cotta anzurufen.

Am Ende ging alles ganz schnell. Und diesmal gab es ein Geständnis: Als Inspektor Cotta in der Mastrantonio-Villa ankam, gaben Cecilia Jones und Bernadette O'Donnell alles zu. Inspektor Cotta kündigte die Wiederaufnahme des Falles an und versprach Justus außerdem, ein Auge auf den zwielichtigen Mr Willow zu werfen. Eine Stunde später entließ er die drei ??? nach Hause. Nicht jedoch, ohne ihnen zu sagen, dass er sie bereits am nächsten Tag im Polizeipräsidium erwartete, wo sie die ganze Geschichte zu Protokoll geben sollten.

Nun saßen die drei Detektive im Rolls-Royce auf dem Weg nach Hause, und Tante Mathilda war eifrig damit beschäftigt, sich das Make-up aus dem Gesicht zu wischen. »Jetzt weiß ich endlich, womit ihr drei eure Freizeit verbringt«, sagte Mathilda Jonas und warf einen Blick über die Schulter. »Aber sag mal, Justus, wie bist du darauf gekommen, dass Dr. Jones das Testament gefälscht hat? Gab es dafür einen Beweis?«

»Das würde mich allerdings auch interessieren!«, sagte Bob.

»Es gab keinen Beweis«, gestand Justus. »Aber es war die logische Schlussfolgerung aus den Informationen, die wir hatten. Ich war so frei, diesen Schuss ins Blaue zu wagen. Und es hat ja auch funktioniert.«

»Logische Schlussfolgerung«, wiederholte Tante Mathilda. »Na klar, was denn sonst. Also, ich muss schon sagen: Verbrechensbekämpfung ist wirklich ein faszinierendes Hobby! Ich glaube, ich möchte in Zukunft öfter dabei sein, wenn ihr Übeltäter überführt. Es war so aufregend!«

»Na ja, Tante Mathilda, ich weiß nicht …«

»Ach, komm schon, Justus, ich kann euch doch auch helfen! Du wirst staunen, wozu deine alte Tante sonst noch fähig ist! Das hier war erst der Anfang!«

Bob, Peter und Justus tauschten unsichere Blicke aus. Tante Mathilda als viertes Fragezeichen – das konnte ja heiter werden!

»Weißt du, Tante Mathilda …«, begann Justus. »Das ist ja wirklich nett gemeint, aber …«

»Ja, Mrs Jonas«, fuhr Peter fort. »Wirklich, das ist …«

»Sehr, sehr nett von Ihnen, aber …«

»Ich habe noch etwas gut bei euch, vergesst das

nicht. Ihr seid mir einen Gefallen schuldig. Und versprochen ist versprochen.«

Den drei Detektiven verschlug es die Sprache. Mit großen Augen blickten sie in Tante Mathildas fröhlich lächelndes Gesicht. Das Lächeln verwandelte sich langsam in ein breites Grinsen. »Reingefallen!« Mathilda Jonas brach in schallendes Gelächter aus, in das die drei ??? und schließlich sogar Morton erleichtert einstimmten.

Sie lachten noch, als sie das Ortsschild von Rocky Beach passierten.

KOSMOS

Die drei ???®

Band 125!

Die bisher größte Herausforderung für Die drei ???®

Die drei ???® übernehmen ihren 125. Fall! Dabei treffen sie auf ihren alten Widersacher, den Bilderdieb Victor Hugenay. Doch schnell zeigt sich, dass es noch weitere Gegner gibt, die hinter dem Gemälde „Feuermond" her sind ...

- **Band 1:**
  Das Rätsel der Meister
- **Band 2:**
  Der Pfad der Täuschung
- **Band 3:**
  Die Nacht der Schatten

André Marx
Die drei ???® Feuermond
ISBN 978-3-440-10205-3

3 Bände à 128 Seiten,
gebunden im Schmuckschuber
€/D 14,90; €/A 15,40; sFr 25,80
Preisänderung vorbehalten

www.kosmos.de

Die drei ???

Die drei ???
... und der Karpatenhund/
... und das Narbengesicht
OMNIBUS 20040

... und der schrullige Millionär/
... und der Höhlenmensch
OMNIBUS 20390

... und die Fußballgangster/
... und die Diamanten-Schmuggler
OMNIBUS 21293 (Doppeldecker)

... und der Ameisenmensch
OMNIBUS 21141

... und der Angriff der Computerviren
OMNIBUS 20995

... und der Automarder
OMNIBUS 20765

... und die bedrohte Ranch
OMNIBUS 21179

... und der Diamantenschmuggel
OMNIBUS 20994

... und der Dopingmixer
OMNIBUS 20546

... und die Fußballgangster
OMNIBUS 21020

... und das Geheimnis der Särge
OMNIBUS 20768

... und der gestohlene Preis
OMNIBUS 20582

... und der Höhlenmensch
OMNIBUS 21022

... und der lachende Schatten
OMNIBUS 21138

... und der magische Kreis
OMNIBUS 20499

... und die Musikpiraten
OMNIBUS 20580

... und das Narbengesicht
OMNIBUS 21018

... und die Perlenvögel
OMNIBUS 20583

... und der rasende Löwe
OMNIBUS 20767

... und die Schattenmänner
OMNIBUS 20581

... und der Schatz im Bergsee
OMNIBUS 20713

... und der schrullige Millionär
OMNIBUS 21021

... und die Schüsse aus dem Dunkel
OMNIBUS 21019

... und die späte Rache
OMNIBUS 20731

... und der Spuk im Hotel
OMNIBUS 20993

... und der unheimliche Drache
OMNIBUS 21178

... und der unsichtbare Gegner
OMNIBUS 20766

... und der verrückte Maler
OMNIBUS 20545

... und der weinende Sarg
OMNIBUS 20471

... und der Teufelsberg
OMNIBUS 21180

... und der Zauberspiegel
OMNIBUS 21181

... und die singende Schlange
OMNIBUS 21182

... und die Silbermine
OMNIBUS 21183

... und der Doppelgänger
OMNIBUS 21184

... Geheimsache Ufo
OMNIBUS 21185

... und der höllische Werwolf
OMNIBUS 21186

... und das Gold der Wikinger
OMNIBUS 21177

... und der Nebelberg
OMNIBUS 21371

... im Bann des Voodoo
OMNIBUS 21372

... und das Erbe des Meisterdiebs
OMNIBUS 21373

... und die Karten des Bösen
OMNIBUS 21370

... auf den Spuren der Automafia
OMNIBUS 27070

5178/43

omnibus

www.omnibus-verlag.de

Justin Somper

Die Vampiraten – Der Fluch des Ozeans

320 Seiten ISBN-10: 3-570-21703-5
ISBN-13: 978-3-570-21703-0

Ein heftiger Sturm bringt das Boot der Zwillinge Grace und Connor zum Kentern: In der aufgewühlten See kämpfen sie um ihr Überleben. Connor hat Glück! Er wird von waschechten Piraten aus dem Meer gefischt, findet auf dem Schiff bald Freunde und führt fortan ein abenteuerliches Leben. Grace dagegen landet auf einem Geisterschiff voller Vampire – bei den VAMPIRATEN!

5310

omnibus

www.omnibus-verlag.de